伊豆急「リゾート21」の証人

西村京太郎

集英社文庫

目次

十津川警部シリーズ

伊豆急「リゾート21」の証人

第一章　サ　バ　ン

1

犯人、いや、正確にはまだ容疑者をだが、起訴した時点で、警視庁捜査一課の、十津《とつ》川《がわ》たちの仕事は、終わる。

そこから先は、検察の仕事である。捜査本部も、解散となる。

十津川は改めて、黒板に貼られた、容疑者、中西遼《なかにしりよう》の写真に、目をやった。

年齢三十一歳、今流行《はや》りのイケメンとでもいったらいいのか、なかなかの、美男子である。

しかし、十津川は、その美男子ぶりよりも、どこか、ふてぶてしい、自信に溢《あふ》れたその表情の方に、強く惹《ひ》かれるものがあった。

なぜ、あれほど自信に満ちた顔ができるのか？　それが、十津川には、最初からずっと、不思議で仕方なかった。

百八十三センチの長身、体重七十五キロの、やや細身の体は、高校、大学と、陸上部に所属していたというだけあって、いかにもバネがあり、敏捷《びんしょう》そうに見える。

今の日本の若い男で、百八十センチクラスの長身の青年は、何人もいるし、学校で陸上部に所属していた若者も、決して、珍しくはないはずである。だから、それだけで、あれほどの自信が、中西に植えつけられているとは思えなかった。

あの自信は、中西の生まれ、育ちから来ているのかもしれないと、思ったりもした。

中西は、北九州の、小さなやくざ組織の組長の、一人息子として生まれた。

父親は、中西が、高校二年の時、彼の目の前で、敵対するやくざの組員に、射殺されてしまった。クラブのママをやっていた、母親の佳子《けいこ》は、入籍していなかったが、中西は、その母親に、引き取られて、育てられた。

しかし、母親も、だらしのない女で、中西が、大学一年の時に、莫大《ばくだい》な借金を作り、厳しい取り立てにあった挙句、睡眠薬を飲んで自殺してしまった。

中西は、母親の葬式も、出さずに、一人、九州から上京した。

両親を失い、天涯孤独になった中西が、都会で、たった一人生きていくためにやったことは、女に、たかることだった。

大学時代の同窓生に聞くと、

「あの男の、女をモノにするテクニックは、いわば、天才的でしたね。よくもまあ、あんなウソが、平気でつけるものだと、ある意味、うらやましく、思ったものですよ。それに、中西は、ただのイケメンではなくて、ちょっと、危険な匂いもするでしょう？　ひょっとすると、それが、女にもてる理由だったんじゃ、ありませんかね？」

と、十津川に、いった。

女のおかげで、無事に、大学を卒業できたようなものだったが、その後のことを、考えると、中西にとって、大学時代の女とのつきあいは、単なる予行演習にしかすぎなかったのかもしれない。

社会人となり二十八歳の時、一回り年上の、四十歳の未亡人と結婚した。

彼女の名前は、加藤由美子《かとうゆみこ》。病死した夫から、十億円の遺産を、受け継いでいた。

彼女は、半年後、交通事故で死亡し、その莫大な遺産は、二十八歳の、中西のものになった。

中西は、その遺産のうち、ほぼ一億円を使って、六本木《ろっぽんぎ》のビルの中に、高級なクラブを造り、経営者となった。そして、真っ赤なフェラーリを買って乗り回し、近くのマンションに、月百万円で部屋を借りた。

その後の、中西の行動を見ると、高級クラブも、フェラーリも、月百万円のマンションも、すべて次の獲物の女性を手に入れるための道具だったとしか思えなかった。

約二年後、中西が三十歳の時、工藤秀美《くどうひでみ》という名前の、中西より十歳年上の、四十歳の女性と知り合った。加藤由美子と同じように、工藤秀美もまた、未亡人だった。

彼女の夫だった工藤啓介《けいすけ》は、父親から引き継いだ金融業を、営んでいて、死亡した時には、四十億円を超える遺産を、妻の秀美に遺《のこ》した。

相続税などを払っても、秀美の手元には、二十億円以上の金が、残った。

その工藤秀美に、中西遼が、近づいたのである。

中西は、秀美を、自分の経営する高級クラブに案内し、自分のフェラーリで、ドライブに誘い、月百万円のマンションで関係を持った。

そうした彼の行動すべてが、自分には金があり、遺産を目当てに、あなたに近づいたのではないと、知らせるための演技だったのだろうと、十津川は、今になって考えた。

そうした行動が、成功したのか、二人は結婚した。そして、前と同じように、六カ月後、秀美は、突然、亡くなった。

今年の三月三日の、ひな祭りの日。いつもなら、家にお手伝いの女性がいるのだが、今日は、夫婦だけで、ひな祭りの夜を、楽しみたい、中西はそういって、お手伝いの女性を、帰してしまった。

秀美は、久しぶりに、おひな様を飾り、夕方までには、帰ってくる約束の夫の中西を、待っていた。

そこへ泥棒が入り、秀美に見つかった男は、持っていたナイフで、彼女の胸を刺した。その後、強盗は、夫婦の寝室の手提げ金庫にあった、五十万円を奪って逃走。その直後に、秀美は、自ら救急車を呼び、病院に、運ばれたが、出血多量で絶命した。

この殺人事件を担当したのが、十津川である。

2

十津川は、最初から、夫の中西遼を疑った。二年半前の事件が、あったからである。中西は、三年前の二十八歳の時、一回り違う四十歳の未亡人と結婚し、その半年後に、彼女が交通事故で死に、十億円もの遺産を手に入れた。

その時も、一応、警察が、調べたのだが、証拠がなく、中西は、釈放された。

十津川たちは、この事件のことも、徹底的に調べた。しかし、中西がその交通事故に絡んでいるという証拠は、何も、見つからなかったのである。

今回結婚した中西と秀美は、彼女の前夫が遺した成城《せいじょう》の豪邸に住んでいた。その勝手口のドアの錠を壊し、犯人は、そこから、侵入したと思われた。

奥の居間には、豪華なおひな様が飾られていた。三十畳は優にある、広いリビングルームである。

そこで四十歳の秀美は、胸をナイフで刺されて殺されたのである。

同じ部屋には、夫婦二人でパーティを開くつもりだったのか、シャンパンが用意され、ロウソク立てには、パーティ用の、ロウソクが立てられていた。

おそらく、秀美は、夫の中西と二人で、ここで、ひな祭りを祝うつもりだったのだろう。

ほかに、夫婦の寝室にあった、手提げ金庫が壊されて、中にあったと思われる、五十万円の現金が消えていた。

ただし、預金通帳は、そのまま残っていた。預金通帳を盗んで、それで現金を下ろそうとすれば、足がつくと、犯人は考えたのだろうか？

一見したところ、泥棒が金目当てで、豪邸の勝手口から、忍び込み、居間に入ってきたところ、そこに秀美がいて、見つかってしまった。そこで犯人は、持参したナイフで、秀美を刺し、寝室の手提げ金庫を壊して、五十万円を、盗んで逃亡した。

そう思えるのだが、十津川は、夫の中西を疑った。

刺された秀美は、渾身《こんしん》の力を振り絞り、部屋の電話を使って自ら一一九番した。

五分後に救急車が駆けつけ、二人の救急隊員が、部屋に飛び込んでいった。

その時、秀美は、

「男に、刺された」

と、いったと、伝えられた。

秀美は、すぐに、近くの病院に搬送されたのだが、病院に到着した時には、すでに、出血多量で、死亡していた。その時刻は、午後二時二八分である。

十津川たちが、現場である成城の家の中で捜査をしていたところ、午後六時過ぎになって、中西が帰ってきた。

これが、当日の時系列である。

この時系列をそのまま信じれば、中西には、完全なアリバイが、あることになる。

しかし、十津川は、簡単には、信用できなかった。

「どうして警察は、夫である僕を、疑うんですか？」

中西が、十津川に、抗議した。

「もちろん、疑うには、疑うだけの理由が、ありましてね。思いつきでいっているわけではありませんよ」

と、十津川が、いった。

「しかし、金目当ての泥棒が、入ってきて、妻の秀美と、遭遇した。顔を見られたので、持っていたナイフで彼女を刺して殺して逃走した。つまり、簡単にいってしまうと、そういう事件なんでしょう？　それならば、夫の僕が、関係しているはずが、ないじゃありませんか？　前日、家内は、銀行から、五十万円の現金を下ろしてきたのです。その金が、奪われているのだから、誰が見たって、物盗《ものと》りの犯行ですよ。そうでしょう? 違いますか、刑事さん」

「しかし、物盗りの犯行にしては、少しばかり、不自然なところが、ありましてね」

「何が不自然なんですか?」

「現場の様子から見ると、犯人は、勝手口の錠を壊して侵入した。何か、スパナのようなもので、相当な力を入れて、叩《たた》かないと、あの頑丈な錠は壊れないんですよ。それも、一撃では、絶対に壊れませんから、犯人は、何回も力を込めて叩いて、壊しているのです。そうなると、リビングルームにいた奥さんは、当然、その物音に、気がついたはずなのです」

「物音に気づいて、様子を見に来たから、犯人と鉢合わせして、殺されてしまったんじゃありませんか?」

「この家には、二階がありますよね? ご夫妻の寝室です。大きな物音がして、泥棒が入ってきたんじゃないかと、そう思ったら、奥さんはまず、二階に、避難するんじゃありませんかね? そして、警察に、電話をする。ところが奥さんは、そうした行動を、何もしていないんですよ。これは不自然じゃありませんか?」

「久しぶりに、おひな様を取り出して、飾っていたから、それに夢中で、物音に、気がつかなかったんじゃありませんかね?」

と、中西が、いう。

「そうだとしても、その後も、おかしいんですよ。いいですか、犯人は、勝手口のドアを壊して、居間に侵入してきた。そこで、奥さんとぶつかって、ナイフで、刺した。こういうことになりますがね。なぜか、奥さんが、抵抗したような様子が、ほとんどないんですよ。例えば、何か物を投げるとか、ひな壇のそばにいたんだから、ひし餅とか、精巧に作られた、オモチャの牛車《ぎっしゃ》なども、ありますから、それを、犯人に投げつけるぐらいのことをしてもいいのに、そうした形跡はまったく見られないのです。それに、奥さんは、前から、胸を刺されて亡くなっているんですよ。普通なら、逃げようと、するんじゃありませんか？　だから、犯人が、奥さんを追いかけていって、刺したとすれば、背中から刺されるはずなんです。ところが、前から刺されている。つまり、犯人は、殺された奥さんと、顔見知りなのではないか？　そういう疑いが出てきてしまうんです」

「だから、犯人は、この僕だと、刑事さんはいうんですか？　どうして、僕が、勝手口から、自分の家に忍び込まなくてはならないんですか？」

「犯人は、勝手口から、忍び込んだんじゃないんですよ。普段どおり玄関から入ってきて、おそらく、奥さんと一緒に、リビングルームで、おひな様の飾りつけを、していたんですよ。その途中で突然犯人は、奥さんの胸を刺した。そのあと、犯人は、わざわざ、勝手口の錠を叩き壊し、いかにも、そこから泥棒が忍び込んだように、見せかけたんだと思いますね。それに、前日、奥さんが、銀行から下ろしてきた五十万円の現金は、手提げ金庫を、壊して持ち去っていますが、これも、金目当ての泥棒の犯行に、見せかけるためにですよ。刺された時、奥さんは、ほとんど抵抗していないんです。それに、勝手口を、壊すためには、大きな音が、したはずなのに、奥さんは、不安になって、二階に逃げたり、一一〇番をしたりしていないんですよ。だから、奥さんが刺された時、勝手口は、まだ、壊されていなかった。そういうことになってくるんですよ」

「しかし、家内は、救急隊員に向かって、『男に刺された』と、いったんでしょう？」

「ええ、そう聞いていますが」

「それだったら、僕が、犯人のはずはない。僕が刺したのなら、妻は、救急隊員に、夫に刺されたと、はっきり、いうんじゃありませんか？」

「その点なんですがね。改めて、二人の救急隊員に話を聞いてみたんです。死ぬ間際に、秀美さんは、何といったのかと、それを改めて聞くと、二人の救急隊員は、現場の状況から『男に……』と聞いたのだが、今になってみると、違う言葉だったかもしれないと、いっているんですよ」

「じゃあ、家内は、何といったと、救急隊員は、いっているんですか？」

「一人は、男に刺されたと、聞こえたというし、もう一人は、男ではなくて、夫というように、聞こえたといっているんですよ」

十津川が、いうと、中西は、顔を赤くして、

「僕は、犯人じゃないんだから、家内が、死ぬ間際に、夫なんて、いうはずがありません。おそらく、男といったんだと、思いますよ。犯人は、男だったが、名前も当然分からないし、会ったこともない人間だったから、男と、いったんでしょう。そうに、決まっているじゃないですか」

「ところで、ほかの質問をしてもいいですか？」

3

「ええ、結構ですよ。何でも答えますよ。僕には、やましいところなんて、何もないんですからね」

中西が、声を大きくして、いった。

「それでは、今から、三年前のことをお聞きします。三年前にも、中西さんは、年上の未亡人と、結婚していますよね？　お相手の名前は、加藤由美子さん、当時四十歳。あなたより、ちょうど、一回り年上の未亡人だった。もちろん、彼女のことは、忘れてはいないでしょう？　まだ三年しか、経《た》っていないんだから、はっきりと、覚えていらっしゃるんじゃないですか？」

「ええ、もちろん、覚えていますよ。それが、どうかしたんですか？」

「今度亡くなった秀美さんですが、結婚してちょうど、半年になったということですが、間違いありませんか？」

「結婚して、何カ月経ったかなんか、いちいち覚えていませんよ。第一、結婚して何カ月経ったかなんてことに、何の意味があるんですか？　僕はね、秀美を愛していたんですよ。その秀美が、何者かによって、無残に殺されてしまったんですよ。それなのに、結婚して何カ月かなんて、何の意味があるんですか？」

「私がいいたいのは、同じだということですよ。三年前の二十八歳の時、あなたは、今回の秀美さんと、同じように、資産家の未亡人の由美子さんと結婚し、半年後に、奥さんが、突然、死んでしまったんです。交通事故でね。あなたは、警察から調べられたが、証拠不十分で釈放された」

「証拠不十分だから、釈放されたんじゃありませんよ。僕が、犯人じゃなかったから、釈放されたんです。そこのところは、はっきりとしておいてもらえませんかね？　警察に、そんな変なデマを、飛ばされると、僕も、とても困るんですよ。こう見えても、僕は、実業家の端くれですからね。これからも、仕事をしていかなければならないんだから」

「ここに、二年半前の事件についての所轄署の刑事が書いた調書が、あるんですよ。それによれば、二年半前の十月十三日の午後九時頃、通っていた陶芸教室から、自宅に向かって自転車に乗って走っていた、由美子さん、当時の、あなたの奥さんが、車にはねられて、即死した。はねた車は、黒のトヨタのクラウン、盗難車でした。車は、翌朝、現場近くの公園で発見されたのですが、運転していたのは、誰だか、分からなかった。車内を調べてみると、ハンドルもドアの取っ手も、そのほか、運転席のまわりはすべて、指紋が、きれいに、拭き取られていたんですよ。普通、人をはねて殺してしまった犯人は、そんなことを、しないものなんです。ところが、この犯人は、指紋を、全部拭き取ってしまっていました。警察は、この事実から考えて、犯人は、被害者、中西由美子さんの顔見知りだったのではないか？　だから、凶器に使われた車の指紋を、徹底的に、拭き取って消してしまったのではないか？　この調書には、そう書いてありますよ。だから、夫のあなたを疑った。あなたには、妻の由美子さんを殺すだけの、ちゃんとした動機が、あったんですよ。だから、警察は疑ったんです。理由は莫大な財産です。二十八歳のあなたが結婚した時、妻の由美子さんには、ほぼ十億円という、前夫の遺産があった。一方、二十八歳のあなたには、ほとんど財産らしい財産は、なかった。事実、二年半前、あなたは、奥さんの死によって、莫大な遺産を、手にすることができたんです。その日、奥さんが、自転車で、家に向かっているのを見計らって、あなたは、前もって盗んでおいた車で、夜、自転車もろとも、奥さんを、はねて殺してしまった。警察は、そんなストーリーを、考えたんですよ。今もいったように、十分に、理由があってのことです。この時、あなたは、一人で、家で、奥さんの帰りを待っていたと、主張しています。しかし、今もいったように、あなたが、前もって盗んでおいた車で、奥さんをはねて、殺しておいて、その車を放棄して家に帰った。そして、ずっと、家にいたかのように装ったのではないかと、そう、疑ったのですが、この調書にもあるように、決め手となるような証拠が、どうしても、見つかりませんでした。つまり、証拠不十分です。状況証拠は、あなたが、犯人であることを、示していますし、一人で、家にいて、奥さんの帰りを待っていたという、あなたのアリバイを、証明する人間もいないのです」

「ちょっと待ってくださいよ。あれは、もう二年半も前の事件ですよ。それに、あの事件で、僕は、完全なシロなんですよ。どうして、二年半前の事件のことを、今になって、蒸し返すんですか？　僕には、まったく、理解できませんね」

「あなたは、二年半前の事件でも、十分に、容疑が濃かったが、証拠不十分で、逮捕されなかった。所轄署が作った調書には、そう、書いてあるんですよ。そして、今回また、あなたの奥さんが亡くなった。それも病死ではなく、強盗に刺されて、死んだんですよ。今度は、前回の十億円を上回る、二十億円以上の遺産です。それが、あなたのものになった。いや、あなたが、無実ということになれば、あなたが、その莫大な遺産を、引き継ぐことになるわけですよ」

「僕が財産家になったら、警察は、困るとでもいうんですか？　そうだ、僕がシロであることがはっきりして、遺産が、手に入ったら、二、三億円ぐらいは、交通安全協会にでも、寄付しますよ」

笑いながら、中西が、いった。

4

十津川は、中西の顔をまっすぐ見て、

「じゃあ、あなたのいい分を、聞きましょうか？　あなたは、午後六時過ぎに帰ってきた。われわれの捜査中にね。さて、それまでは、どこにいたんですか？」

「申し訳ありませんが、それは、いいたくありませんね」

と、中西が、いう。

「どうして、いいたくないのですか？　ちゃんとしたアリバイがあるのなら、それを話さないと、われわれの疑いは、いつまで経っても、晴れないし、場合によっては、あなたの容疑は、さらに濃くなりますよ。それでもいいんですか？」

脅かすように、十津川が、いった。

「しかしね、犯人は、分かっているはずですよ。物盗り目的に、忍び込んだ男が、妻と鉢合わせをして、ナイフで、刺して殺してしまった。そういう事件なのに、どうして、僕が、自分のアリバイを、くどくどと、説明しなければならないんですか？」

「何もいえないというのは、少しばかり、おかしいんじゃありませんか？　つまり、自分のアリバイが、はっきりしないから、何もいえない。私には、そうとしか、受け取れませんよ」

今度は、亀井《かめい》が、中西に向かって、いった。

「刑事さんが、そう考えるのなら、それならそれで、結構ですけどね、とにかく、僕は、犯人じゃありませんよ。僕を犯人扱いすると、あとになって、後悔することになりますよ」

逆に、十津川たちを、脅かすように、中西が、いった。

事件から一週間後、中西は、捜査本部の置かれた成城署に連行され、そのまま留置された。

5

翌三月十一日午後一時から、第一回の捜査会議が開かれた。

捜査本部長の、三上《みかみ》刑事部長は、

「夫の中西遼は、昨日、留置したんだろう？　その後の様子は、どうかね？」

と、十津川に、聞いた。

「今日の尋問は、まだ、行っていません。朝食は全部、きれいに、平らげたそうで、一見、落ち着いている様子ですが」

「君は、今も、中西遼が犯人だと、考えているのかね？」

「犯人の可能性が、相当高いと、私は思っています」

「そう考える理由を、まず、聞かせてもらおうか」

「大きな理由は、二年半前、中西の妻が、車でひき殺された事件です。それが、今回の事件と、非常によく似ているので、私としては、気になっています。三年前、二十八歳の時も、中西は、十二歳年上の資産家の未亡人と、結婚しています。その未亡人の名前は、加藤由美子といいますが、十億円の遺産を、夫から相続しています。それとは逆に当時の中西には、ほとんど財産がありませんでした。だから、どう見ても、財産目当ての、結婚としか、思えないのです。そして結婚から半年後、その由美子が、自動車事故で、亡くなり、莫大な遺産は、当時の夫、中西遼が、そっくり引き継ぐことになりました」

「その時も、警察は、中西遼のことを、疑ったのかね？」

「形が、交通事故なので、当初は所轄の交通係が当たり、不審な点が出てきたので、所轄の刑事がこの事件について、調べています。その調書を、所轄から借りてきて、そこにありますから、あとで本部長も目を通してください」

「分かった」

「当時、中西と再婚した、由美子は、家の近くの陶芸教室で、陶芸を習っていました。問題の日、十月十三日ですが、午後八時半過ぎに陶芸教室が終わり、いつものように、自転車で、由美子は、家に向かって、急いでいました。その途中で、黒塗りのトヨタクラウンに、はね飛ばされて死亡したのです。そのクラウンは盗難車で、翌朝になって、現場近くの公園で乗り捨てられているのが、発見されました。交通係は、夫の中西が、あらかじめ、車を盗んでおいて、夜、陶芸教室から自転車で帰宅する妻の由美子を待ち伏せ、盗んだクラウンでひき殺してしまった、という疑いは、十分にあると考えて、夫の中西のことを、調べたようです。夫の中西は、そんなことはしていない。家で一人でじっと、妻の由美子が、陶芸教室から、帰ってくるのを待っていたと、主張しているのです。しかし、家には、中西一人しか、いませんでしたから、彼のアリバイは、証明されていないのです。それに、発見された盗難車は、運転席が非常にきれいで、ハンドルやドアの取っ手など、すべての指紋が、完璧に拭き取られていました。所轄署では、その車を運転して、由美子をはねたのは、彼女と親しい人間ではないかと推測し、夫の中西のことを、疑ったのですが、どうしても、決定的な証拠が、見つからず、証拠不十分で、この事件は終わってしまっています。そして未《いま》だに、その盗難車を運転していた人物は、特定されていないのです。それから二年半経って、今度の、事件です。今回の事件が、二年半前の事件と、非常によく似ていると申しあげました。その似ている点をご説明しますと、第一に、今回殺された中西秀美、旧姓は、工藤秀美ですが、彼女は、中西よりも、十歳年上です。二年半前に殺された由美子と同じように、亡くなった前夫から、莫大な遺産を引き継いでいます。前の加藤由美子の時が、十億円、それに比べて、今回は二十億円以上の遺産を、引き継いでいるのです。それを狙って、中西は、彼女を口説いて結婚したと思われます」

「彼女を殺す動機は、十分に考えられるということだろうが、動機があったとしてだが、君が、夫の中西を容疑者と考えた、具体的な理由を、説明してくれないかね」

と、三上が、いった。

「一つは、犯人は勝手口の錠をスパナのようなもので、叩き壊して侵入しているということです。同じ錠を使って、試してみたのですが、一度や二度叩いたくらいでは、そう簡単には、壊れません。それに、叩いていると、かなり大きな音が、するんですよ。その時、リビングルームには、被害者の中西秀美が、ひな祭りの人形を出して並べていました。勝手口からリビングルームまでは、そんなに、遠い距離ではありませんから、勝手口の錠を壊す音は、彼女にも、聞こえたと思うのです。しかし、状況的には彼女は何の反応も、しなかったように、見られます。二つ目の理由は、犯人は、家の中に忍び込み、リビングルームで、被害者と鉢合わせをしてしまったので、用意していたナイフで、刺して殺してしまったと、一応、そのように、推察されているのですが、犯人は、彼女の背中を刺しているのではなく、正面から、胸を刺して殺害しているのです。普通、泥棒が入ってきて鉢合わせしたら、相手は、逃げます。逃げるのを、犯人が追いかけて、刺したのだとすれば、当然、刺されたのは、背中でなければ、おかしいのです。前から刺すというのは、刺された時、被害者が、無警戒だったということになってきます。犯人と被害者とは、以前からの、顔見知りだったのではないかということです。特に、警戒心が薄い相手といえば、夫ですから、刺したのが夫である可能性は、十分にある。私は、そう考えました。三つ目は、被害者の中西秀美が刺されたのは、三月三日の午後二時過ぎですが、夫の中西は、夕方の午後六時過ぎになって、帰宅しています。その二時から六時までの間どこにいたのか、中西は、答えないのですよ」

「なぜ、答えないのかね？」

「とにかく、自分は、妻を殺してなどいない。その時、家に、いなかった。警察はそれを信じてくれないから、いくら自分が、アリバイを説明しても、聞いてくれないだろう。そういっているんです」

「君は、その三つの理由から、夫の中西が、妻の秀美を殺したと、確信しているわけだね？」

「そうです。これは、強盗の犯行に、見せかけて、自分で、資産家の妻を殺した、典型的な財産狙いの犯行だと、思っています。二年半前に行われたことが、また行われたんですよ。おそらく、二年半前の件がうまくいったことで、中西は自信を持って、二年半後に、同じように計画のうえ、妻を殺したんです。これで、中西のシロが、証明されてしまうと、二十億円を超える財産を、手にすることになってしまいます。私としては、それだけは、どうしても、阻止したい。悪を見逃すわけにはいきません」

と、十津川が、いった。

捜査会議のあと、十津川と亀井の二人は、取調室で、改めて、中西遼から、話を聞くことにした。

「どうだね、一晩経って、話す気になったかね？」

いきなり十津川が、聞くと、中西は、

「話すって、何のことですか？」

「もちろん、君のアリバイのことだよ。君が、妻の秀美さんを、殺していないというのなら、その時刻に、どこにいたのか、それが、はっきりしないと、われわれとしては、君のことを信用することはできないんだ。秀美さんが、刺されたのは、午後二時七、八分と思われ、亡くなる直前の午後二時一〇分には、必死で一一九番通報している。われわれわれが知りたいのは、その時刻の君のアリバイだ。それを話してくれないと、われわれの、君に対する疑いが、晴れてくれないんだ」

「僕は犯人じゃないといっているのに、刑事さんは、どうして、信じてくれないんですか？　妻の秀美が刺されたのは、三日の午後二時七、八分だと、そういわれましたよね？　僕は、ちょうどその頃、家にはいなかったんですよ」

「だから、どこにいたのか、君の口から教えて欲しいんだよ。そうでなければ、君がシロであることは信用できない」

「警察が、そんないい加減なことは、いわないでくださいよ」

怒った口調で、中西が、いった。

「警察は、僕が、妻を殺したと、固く信じているんでしょう？　そうなんでしょう？　そんな人たちに向かって、僕がいくらアリバイを主張して、その時刻には、どこそこにいたといったって、信じてくれないに決まっているじゃありませんか。例えば、新宿《しんじゆく》とか銀座《ぎんざ》の雑踏のなかを、歩いていたといったって、僕が歩いていたのを見て、それを、証明してくれる人なんて、いないんだから、当然、警察は、信用してくれないに決まっている。そうでしょう？　違いますか？　それとも、僕が、新宿の雑踏のなかにいたといったら、それを、信じてくれるのですか？」

「新宿の雑踏だろうが、銀座の雑踏だろうが、その時に、あなたが一人ではなくて、誰かといて、その人がそれを、証明してくれれば、われわれも、信用するよ」

と、十津川が、いった。

「じゃあ、何をいっても、しょうがないじゃありませんか。例えば、僕が浮気でもしていれば、その女と一緒にいたことで、僕のアリバイが、証明できるんでしょうが、あいにく、僕には、そんな相手もいない。一途《いちず》に、妻の秀美のことを、愛していましたからね」

「それでも、一応、いってみたらどうですか？」

「それはダメだ」

吐き出すように、中西は、いった。

「例えば、僕がその時刻に、どこかの、映画館で、映画を見ていたといっても、一人で見ていたのなら、そのアリバイは、成立しないじゃありませんか？」

「いや、その映画館の、入場券の半券でも持っていれば、信用するかもしれませんよ。日付けのスタンプが押してあって、見ていた映画がどんなものか、あなたが、説明できるのなら、信用できますがね」

「入場券の半券なんか、いちいち、取っておきますか？　終わったら、捨ててしまうのが普通ですよ」

「どうも分かりませんね」

と、十津川が、いった。

「何が分からないんですか？」

「今、あなた自身が、置かれている立場ですよ。あなたには、それが、どういうことか、分かっていないんじゃありませんか？　われわれ警察は、あなたを、容疑者の一人、それも、かなり重要な容疑者であると考えている。動機も十分あるし、アリバイも、はっきりしない。それなのに、あなたは、こちらがいくら勧めても、その時刻に、どこにいたのかということを、主張しようとしない。あなたの考えが、私には、どうしても、理解できませんね。このままでいけば、あなたは、どんどん、不利な立場に追い込まれてしまいますよ」

「だから、さっきからいっているじゃありませんか。最初から、あなたたち警察は、僕のいうことを、信用しようとしない。そんな警察に、いくら、自分のアリバイを主張したって、一人でいたんだから、警察が、そのアリバイを、認めようとしないことは明らかだ。そんな無駄なこと、僕は、するつもりがありませんよ」

十津川と容疑者、中西遼の会話は、いつまで経っても、平行線をたどったままで、埒《らち》が明かなかった。

その後、中西にとって、不利となる情報が、十津川の耳に、飛び込んできた。

現在、中西は、前に死んだ由美子の遺産から一億円を投資して、六本木のビルの中に、高級クラブを開いている。

今度は、二十億円もの、遺産が入ってくるのを見込んでか、同じ六本木に、三億円の超豪華マンションを、購入することにして、K不動産に頭金を支払っていることが、判明したのである。

十津川が、そのことを聞くと、中西は、平然とした顔で、

「ええ、確かに、三億円で、六本木の新築マンションの、最上階を購入することにしました。しかし、これは、妻の秀美が、生きている時に話を決めたもので、そのことは、彼女も、賛成してくれたんですよ。成城から、そのマンションに引っ越そうということになっていたんです」

「しかし、こちらでも、調べたんですよ。殺された秀美さんの周辺の人に、話を聞いたところでは、秀美さんは、高所恐怖症らしい。どんなに豪華でも、三十階四十階の、超高層マンションの部屋には、住みたくない、と親戚の人にも友人にも、日頃から、そういっていたということなのですがね。そんな人が、六本木の超高層マンションの、最上階、あれは確か、三十八階でしたね？　そんな部屋を、買うことに賛成するでしょうか？」

「僕がちゃんと、話をしたら、彼女、一緒に、そこに住みたいといってくれたんです。確かに、秀美は、高所恐怖症ですが、マンションというのは、嫌なら、ベランダに出な

くてもいいんですから、高所恐怖症の人だって、超高層マンションの上のほうの階に、住んでいる人も、たくさんいるんじゃないですか？　秀美も、僕のことを、愛してくれていたから、たとえ、三十八階の最上階であっても、一緒に住むことを楽しみにしていたんじゃないかと、僕は、そう思いますけどね」

「秀美さんは、前には、工藤啓介さんというご主人がいました。何年か前に、病死していますがね。その工藤さんの弟さんにも、会って、話を聞いたんですよ。そうしたら、ある時、工藤さんが、これからは、六本木辺りの超高層マンションに住みたい。成城から引っ越したい。奥さんに、そういったんだそうです。すると、秀美さんは、どんなことでも、今までは、あなたのいう通りにしてきたけど、六本木の超高層マンションに、住むことだけは勘弁してほしい。自分は、並大抵の、高所恐怖症ではない。マンションでも、五階以上に住むと、気分が悪くなってくる。それに、ああいう、超高層マンションは、地震になると、大きく揺れると聞いたので、死んでもそういうところには、住みたくない。そういって、反対したそうなんですよ。もちろんその時も、秀美さんは、亡くなったご主人の工藤さんを愛していた。それでも頑として、超高層マンションには住みたくないと、いい張ったんです。それを考えると、あなたに対しても、同じことをいったんじゃないかと、そう思わざるを、得ないんです。それなのに、あなたは、六本木の三十八階にあるマンションの部屋を、購入しようと、手付金を打った。それも、今年の、一月十五日にです。奥さんが、それを知っていたら、親戚の人や友だちに、話していたに、違いないのに、誰も、そんな話は、聞いていないというんですよ。つまり、奥さんは、あなたが、三十八階のマンションの部屋を、購入することを知らなかったとしか、思えませんね。あなたは今、死んだ奥さんを愛していたと、そういわれました。しかし、どうして、その奥さんに、相談もせずに、三十八階のマンションの部屋を、仮契約したのですか？」

「ちゃんと話しましたよ。そして、妻の秀美も賛成してくれたからこそ、予約したのです。いくら何でも、一人で勝手に、そんな高い買い物などしませんよ」

中西は、笑って見せた。

しかし、その言葉を、十津川は信じなかったし、亀井も、ほかの刑事も、信じなかった。

もう一つ、十津川が疑ったのは、その三億円の高級マンションの、売買に関することだった。

販売しているK不動産に、話を聞いてみると、最上階の三十八階の部屋は、人気が高く、売り出した時、つまり、二月に公開したのだが、すぐに、申し込みが、殺到したという。

中西にしてみれば、今、予約をしておかないと、売れてしまう。本来ならば、疑いを、持たれないために、三月三日に妻の秀美を殺し、財産が自分に移ったあとで、三億円のマンションを、買えばいいのだが、それまでに売れてしまうのを恐れて、一月に手付金を入れたということになってくる。

そして、二カ月も経たないうちに、妻の秀美を殺したのではないかと、十津川は、そう考えたのである。

ひょっとすると、夫の中西が、三十八階のマンション購入を考えて、手付金を、払った。それを知った妻の秀美が、なぜ、自分に断りなく、買うことにしたのかと、非難したのかもしれない。

それで慌てて、中西は、妻の秀美を、殺してしまった。そういうことも、十分に考えられるのだ。慌てたために、ボロが出てしまい、警察に、疑われることになってしまった。

アリバイ作りについても、きちんと考えていなかったので、十津川が質問しても、答えられないのではないのか、すぐにバレてしまうような、杜撰《ずさん》なアリバイしか、用意できなかったのではないかと、そんなふうに、十津川は、考えた。

6

結局、容疑者、中西遼の自白が取れないままであったが、十津川たちは、中西の逮捕に踏み切った。

最後まで中西は、問題の犯行時刻に、どこにいたのかという自分のアリバイについて、主張しなかった。

中西は、アリバイの主張ができないのではなくて、アリバイそのものがないのではないのか？

つまり、犯行時刻には、中西自身が、自宅にいて、彼がナイフで、妻の秀美を刺した。だからこそ、アリバイの主張ができないのだと、十津川は考えたし、ほかの刑事たちの意見も、同じだった。

7

とにかく、中西は起訴され、十津川たちは、一応、この事件から解放された。

先輩の古賀昌幸《こがまさゆき》が十津川を訪ねてきたのは、そんな時だった。

古賀は、十津川から見れば、警視庁の、大先輩である。庁内でも、優秀な刑事としてその名を知られていたが、これからの捜査は、若い後輩たちに、任せたほうがいい、われわれ年寄りの時代は、終わったといって、五十歳で警視庁を辞め、今は、警備保障会社で社長をやっていた。

古賀は、十津川に会うなり、

「十津川君は、相変わらず、毎日忙しいのかね？」

「私が担当していた事件が、ちょうど、解決したところなので、明日一日なら、休みが取れますが」

と、十津川が、いうと、

「そうか、それはよかった。私と一緒に、今、銀座で開かれている個展を見に行って欲しいんだ」

と、古賀が、いった。

「個展ですか？」

「ああ、そうだ。君は、木村《きむら》さんを知っているだろう？」

「木村さんというと、木村健次郎《けんじろう》さんですか？」

「そうだよ。その木村健次郎さんだ」

「木村さんなら、よく知っています。警視庁を、定年退職されたあと、現在確か、何かの、ＮＰＯの理事長をやっておられたんじゃ、ありませんかね？」

「そうだ。東京にある知的障害者の会の理事長だよ」

「そうでしたね。確かに、そういう会の理事長さんでした」

「今度、木村さんのやっている、知的障害者の会の一人が、素晴らしい絵の、個展を開くことになったんだ。現在、銀座でやっているので、ぜひ何人かで、見に来て欲しい。木村さんにそういわれて、招待券を三枚、もらったんだ。君の顔が思い浮かんだんで、二枚あげるから、明日非番なら、誰かと一緒に行きたまえ」

そういって、古賀が、十津川を誘った。

「その人は、どんな絵を、描くのですか？」

「君は、サバンという言葉を知っているかね？」

「いえ、知りませんが」

「私も知らなかったんだが、木村さんに、説明されてね。その人は記憶の天才ということらしい。一度見たものを完全に覚えてしまうんだそうだ」

「一度見ただけで、全部、覚えてしまうのですか？」

「ああ、そうらしい。写真機で写すように、記憶してしまうんだな。そういう特殊な才能を持った人のことをサバンというらしい。つまり、今回、木村さんが見て欲しいといった個展は、そういうサバンの人の個展なんだ」

と、古賀は、いった。

十津川は、はっきりと、分かったわけではなかったが、興味を持って、明日、その個展を、見に行くことにした。

翌日、十津川は、亀井を誘って、銀座のその個展を見に行った。

会場には、古賀が先に来て、十津川を待っていた。

中に入っていくと、普通の絵ではない、まるで、細密画のような絵が、ズラリと、並んでいた。

知的障害者の会の、理事長、木村の顔も見えた。

何枚か、「僕の誕生日の思い出」と題した絵があった。どうやら、誕生日の日に、伊《い》豆《ず》に旅行し、その時の思い出を、絵にしたものらしい。

例えば、伊豆急下田《いずきゅうしもだ》まで行く、熱海《あたみ》から出ている「リゾート21」という列車の車内を描いたものがある。

この列車では、乗客が、窓外の景色を楽しめるように、サロンカーを設けたり、先頭の車両では、階段状に、座席が設置されていたりする。

絵のなかには、そのサロンカーにいる、乗客たちを、描いたものがあった。

「こういう絵だけどね、これは、想像して描いているんじゃないんだよ。何しろ、この作者は、記憶の天才なんだ。この日に、自分が乗った『リゾート21』の車内を、全部記憶しているんだ。だから、この絵のなかに描かれている人物は、すべて、実在の人物で、その時、『リゾート21』に、乗り合わせていた人たちなんだよ。非常に、細かく描かれているだろう？　その時に見た顔や姿や、何をしていたか、どんなふうに、景色を見ていたか、作者は、全部記憶して、それを描いているんだ」

と、木村理事長が、説明した。

「面白いですね。この乗客たちは、実際の人物なんだ」

十津川が、いい、亀井も、熱心に見ていたが、急に、その顔色が変わった。

小声で、亀井が、十津川に、いう。

「この乗客ですが、これ、あの、中西遼じゃありませんか？」

第二章　絵のなかの男

1

十津川もじっくりと、絵を、見つめた。それは、４Ｂと思われる、柔らかい鉛筆で、描かれた、いわば、細密画だった。

伊豆急「リゾート21」のサロンカー、そこに、八人の、乗客が描かれていた。

三人の家族連れ、両親と五歳くらいの子供が、海を、見つめている。

テーブルの上に、コーヒーを置いて、向かい合って、談笑している若いカップル。

弁当を食べている、五十年配の女性が一人。

六十代の男性は木村健次郎だろう。

そして、こちらを向いて、おいしそうに缶ビールを飲んでいる、三十歳くらいの男。

その男は、紛れもなく、中西遼だった。

着ている背広も締めているネクタイも、あの日、十津川たちが、逮捕した時と、まったく同じ背広であり、ネクタイのように見える。

缶ビールを持った右の手首のところに、中西遼は、かなり大きな、ホクロがあるのだが、それも、きちんと、描かれていた。

十津川は、木村に向かって、

「この絵は、いつ、描いたんですか？」

「今年の、三月三日だよ。これを描いた小林健介《こばやしけんすけ》君は、三月三日が、誕生日でね。伊豆の海を見たいというので、私が、彼と一緒に、下田に行ったんだ。その時に見た途中の光景を、描いてある」

と、木村が、いった。

「この列車ですが、何時の列車だか、分かりますか？」

「ちょっと、待ってくれ」

木村は、背広の内ポケットから、手帳を、取り出して見ていたが、

「熱海発が、一三時〇三分の『リゾート21』だった。東京駅から熱海までは、新幹線で行って、熱海で、この伊豆急に、乗り換えたんだよ。各駅停車でね。終点の、伊豆急下田に着いたのは、一四時三七分だ」

「その列車ですが、この絵は、何時頃に、どの辺を、走っている時の絵でしょうか？」

「詳しいことは、分からないが、おそらく、午後二時頃で、それから、三〇分くらいして、終点の伊豆急下田に、着いたんだ」

「これを描いた人は、小林さんという人ですか？」

「ああ、小林健介だ。三十二歳、知的障害者だがね。ある意味で、天才だね」

「今年の三月三日というのは、間違いないんですね？」

「ああ、間違いないが、それが、どうかしたのかね？」

「木村さんと、その小林健介という人は、『リゾート21』に乗って、間違いなく、終点まで行ったんですね？」

「そうだよ。だから、その絵を、よく見てみたまえ。その日の、下田の景色なんかを描いているじゃないか？」

なるほどいわれてみると、確かに、ほかにも、何枚も、下田の港や、観光船や、蓮台寺《れんだいじ》の清流荘《せいりゅうそう》という旅館の絵が、並べてあった。

「ぜひ、この絵を描いた小林さんという人のことを、話していただきたいのですが」

十津川は、木村にいったあと、そばにいた亀井に、指示した。

「熱海一三時〇三分発の『リゾート21』の時刻表を手に入れてくれ」

2

「まるで、写真のような、細密画ですが、小林さんという人は、どうやって、この絵を、描いたのですか？　まさか、列車の中に、キャンバスを、持ち込んだわけじゃないんでしょう？」

十津川が、聞くと、木村は、笑って、

「誰もが、その場で、スケッチしたんだろうと、思うみたいだが、実は、違うんだよ。そこが、天才といわれる所以《ゆえん》でね。その場ではスケッチしない。旅行から帰ってから、ゆっくりと、描くんだよ」

「それ、本当ですか？　旅行の時に、スケッチするんじゃなくて、旅行から帰ってから、この細密画を、描くんですか？」

「だから、特別な記憶力の持ち主で、天才と、呼ばれているんだ」

「私なんか、その場で、スケッチしないと、家に帰ってからでは、半分くらい、景色とか、人の顔とかを、忘れてしまっていますよ。しかし、この絵を見ると、例えば、ここで、缶ビールを飲んでいる男ですが、背広やネクタイなど、細かいところまで、実に、しっかりと、描いてあるじゃないですか？　どうして、そんなに、細かいところまで、記憶できるんですか?」

「簡単にいえば、記憶の回路が、違うんだ。普通の人間は、記憶の回路と、モノを考える思考の回路とが、繋《つな》がっている。ところが、この小林君は、記憶の回路と思考の回路とが、繋がっていないらしい。われわれは、記憶の回路と、思考の回路が繋がっているから、興味のある列車内の景色というと、思考が、働いてしまう。賑《にぎ》やかだったとか、暑かったとか、どうしても、そういうことを、考えてしまうが、その分だけ、記憶は薄れてしまう。ところが、今もいったように、小林君は、記憶の回路が、思考の回路と繋がっていないから、まるで、写真に撮ったように、記憶が、そのまま残っているんだよ。だから、時間が経ってからでも、細部まで、正確に描くことができるんだ」

「何となく、分かります」

「君は、山下清《やましたきよし》という画家を、知っているだろう?」

「ええ、知っています。日本のゴッホといわれた人でしょう? 確か、あの人も、知的な障害があると思われた人で、貼り絵が、うまかった人ですよね?」

「あの山下清も、その場では、絵を描かないんだ。いつも、家に帰ってから、絵を描いている。いってみれば、あの人も同じく、サバンの人というわけで、つまり、記憶の形が、われわれとは、違っているんだよ」

木村は、笑いながら、教えてくれた。

「小林健介という人に、会いたいのですが、どこに行けば、会えますか？」

「私が主宰している、知的障害者の会の寮が、三鷹《みたか》にあってね。小林君は、毎日そこで、寝起きをしているから、三鷹まで、来てくれるのなら、いつでも、紹介するよ」

と、木村は、いってくれた。

「これが、問題の『リゾート21』の時刻表です」

亀井が、メモに書いたものを、十津川に、渡した。

十津川は、それに、目を通した。

熱海一三時〇三分
来宮《きのみや》一三時〇六分
伊豆多賀《たが》一三時一二分
網代《あじろ》一三時一六分
宇佐美《うさみ》一三時二一分
伊東《いとう》一三時二六分着、一三時二七分発
伊豆高原《こうげん》一三時五〇分
伊豆熱川《あたがわ》一四時〇一分
伊豆稲取《いなとり》一四時一七分

河津《かわづ》一四時二三分

蓮台寺一四時三四分

終着の伊豆急下田一四時三七分

二人は、画廊の近くの喫茶店に入った。二人とも興奮し、そして、戸惑っていた。

コーヒーを注文したあと、テーブルの上に、問題の時刻表を載せた。

「木村さんは、この列車が、終点の伊豆急下田に着く、三〇分ほど前の車内の描写だと、いっていた。だとすると、伊豆熱川着が、一四時〇一分だから、その辺りの、光景だろう」

十津川が、いうと、亀井が、

「もし、あの絵が、正確に描かれていて、本当に、列車に、中西遼が乗っていたとすれば、三月三日の、午後二時過ぎに、成城の家で、妻の秀美を、殺すというわけには、いきませんね？」

「その通りだよ」

「あの絵ですが、中西遼が、小林という画家に、金を与えて、想像で、『リゾート21』のサロンカーに、自分が乗っているように、描いてもらったということだって、十分に、あり得ますよ。とにかく、写真じゃなくて、絵なんですから」

と、亀井が、いった。

「これから、二人で、三鷹にある、木村さんが、理事長をやっている、知的障害者の会に行ってみないか？」

十津川が、誘った。

二人は、東京駅に出て、そこから、中央線に乗った。

三鷹で降りると、二人は、タクシーに乗り、運転手に、知的障害者の会のことを、話すと、運転手は、知っていた。

車で十五、六分のところにある、真新しい建物だった。ＮＰＯ法人「夢の国」とあった。

理事長の木村も、すでに、帰っていて、理事長室で、二人を迎えた。

十津川が、

「あの絵を描いた、小林健介さんに会いたいのですが」

というと、すぐ、呼んでくれた。

小柄な、三十二歳の青年である。

十津川が、いろいろと、質問して、それに、小林が答えたのだが、何か、バラバラになっている感じで、会話するのに、疲れてしまった。

「『リゾート21』の、サロンカーの中の景色なんですが、その場で、スケッチしたのではなくて、ここに帰ってから、描いたと聞いたんですが、本当ですか？」

十津川が聞くと、小林は、

「ああ、そうだよ」

と、答える。

そばから、木村理事長が、スケッチブックを持ってきて、小林の前に置いた。

「サロンカーの景色を、もう一度、描いてみなさい」

理事長が、4Bの鉛筆を、渡すと、小林は、黙って、描き始めた。

一時間ほどして、でき上がったスケッチブックの絵を見て、十津川は、困惑してしまった。銀座の画廊で見た絵と、まったく同じ絵が、描かれてあったからである。

まったく同じということは、変化もないということで、この小林という男は、想像力を働かせて、少し違った絵を、描くということは、できないらしい。十津川は、そのことに、困惑したのだ。

小林健介が、部屋を出て行ったあと、十津川は、木村に向かって、

「もしもですが、あの、小林君に、何万円でも払うから、私が、サロンカーに乗っていることにして、描いてもらえないかといったら、彼は、私の望み通りに、描いてくれますかね？」

と、聞くと、木村は、笑った。

「それは、できないよ」

「どうしてですか？　彼は、あれほどの、リアリティある絵が、描けるじゃありませんか」

「それが、できないんだ。画廊でも、君に話したが、彼は、普通の人と、記憶の形が違うんだよ。だから、実際に、見た景色とか、人間とかは、ものすごい、リアリティを持って描けるけど、想像で描くことは、できないんだ。だから、いくら君が、大金を積んで、頼んだとしても、無理な話なんだ。できないよ」

　と、木村は、いった。

「つまり、想像して、描くことは、できないんですか？」

「それが、小林君の、記憶の形なんだ」

「そうしますと」

　十津川は、小林健介が一時間かけて、描いてくれた絵を、前に置いて、

「ここには、木村さんを入れて、全部で、八人の人間が描かれていますね。そうすると、その時のサロンカーには、小林君を除いて、この、八人しかいなかったのですか？」

「そうだよ。小林君を入れて、九人しかいなかったんだ。それが、彼の記憶というものなんだ」

　と、木村が、いった。

（参ったな）

と、十津川は、思った。

3

二日後、木村から一枚の絵が、送られてきた。それには、理事長室にいる、十津川と亀井の二人が、描かれてあった。

改めて、ものすごい細密画だということが分かった。理事長室にあった額とか、花瓶に活《い》けられていた花とか、机とか、椅子とか、すべてが、写真のように、くっきりと、描かれているのだ。

十津川と亀井が着ている背広も、ワイシャツも、ネクタイも、まるで、写真で撮ったかのように、描かれていた。

「どうしたらいい？」

十津川は、困惑して、亀井に、相談した。

「警部は、中西遼には、アリバイがあったと、思われているんですか？」

「ああ、そうだ。あの絵を信じれば、間違いなく中西は、三月三日午後の二時頃、成城の現場にはいなくて、『リゾート21』に、乗っていたということになる」

「だからといって、中西が、シロとは限りませんよ」

亀井が、励ますようにいった。

「そういいきれれば、楽なんだがね」

十津川は、すっかり、弱気になってしまった。

「たとえ、中西遼本人が、三月三日の午後二時頃、『リゾート21』に、乗っていたとしても、彼が、犯人ではないと、断定はできませんよ。大金を使って、誰かに、その時刻に、成城の家に、忍び込ませ、妻の秀美を、殺させることだって、できますからね」

「私も、そう思いたいが、その可能性は、極めて低いだろうと、思っている」

「どうしてですか？」

「あの中西という男はね、人を殺す時は、自分でやる人間なんだよ」

「しかし、今の時代、金さえ出せば、殺し屋を雇えますよ」

「その通りだが、あの男は、違う。肝心な時には、人には頼まず、必ず、自分でやる男なんだ。前の奥さんを、交通事故で死なせた時も、私は、車を運転していたのは、間違いなく、中西本人だと思っている。今度も私は、中西本人が、自分の家に忍び込み、強盗に、見せかけて、妻の秀美を殺したと、思っている。あの男は、いつだって、自信満々の顔をしている。殺しを人に任せていたら、あんな顔は、絶対にできないんだ」

「もし、中西遼が、犯人じゃないとしたら、どうされますか？」

「まず、検事に電話をする」

と、十津川が、いった。

十津川は、担当検事に、電話をかけ、これからお会いしたいと告げた。電話では、うまく説明できないと、思ったからである。

十津川は亀井と二人で、東京地検に、担当の、滝本《たきもと》検事を訪ねた。

「中西遼の件ですが……」

十津川が、言葉を濁すと、滝本は、

「どうしたのかね？　あの男以外に、犯人はいないよ」

「確かに、状況証拠は、揃《そろ》っているのですが、決定的な証拠は、一つもありません」

「今さら、何をいっているんだね。君は、私に、いったはずだ。状況証拠しか、ありませんが、彼以外に、犯人は、おりません。私に向かって、そう、断言したのは、君だったんじゃないのかね？」

「確かに、検事のおっしゃる通りですが、中西遼を、犯人だとすると、疑問が出てきてしまったんです」

「君のいっていることが、よく分からないが、いったい、どんな、疑問なんだ？」

滝本が、聞いた。

十津川は、銀座の画廊に頼んで、小林健介の絵をコピーしてもらい、それを、持ってきていた。

「これを見て下さい」

十津川は、その絵を、滝本検事の前に置いた。

滝本は、あっさりと、

「ここで、缶ビールを飲んでいる男は、中西遼じゃないのかね？」

と、いった。

「ええ、そうです。中西遼です」

「それが、どうかしたのかね？」

「これは、熱海から、伊豆急下田まで走っている伊豆急行の『リゾート21』という電車のサロンカーの、車内です」

「何かの、電車の中ということは、見れば、私にも、分かるよ。しかし、それに、中西遼が乗っていたとしても、いったい、どんな問題があるのかね？」

「これは、ある知的障害者が、描いた絵なのですが、三月三日の伊豆急『リゾート21』の車内なのです。この電車は、熱海一三時〇三分発で、終点の下田到着は、一四時三七分です。この絵は、午後二時頃の光景だと、同行者が証言しているんです」

「三月三日の、午後二時頃？」

「そうです」

「もしそうなら、中西遼には、アリバイがあることに、なるんじゃないか？」

「そうなんです。それで、困って、こうして、伺ったんです」

「この絵が、今年の、三月三日の伊豆急『リゾート21』の車内であることは、本当に、間違いないのかね？」

「間違いないことは、確認しました」

「それでは、ここに描かれている男が、中西遼だとしよう。しかし、中西が、自分のアリバイを、作っておいて、金で人を雇って、妻の秀美を、殺させたということだって、あり得るわけだろう？」

「確かにそうですが、中西の場合は、違います。彼は、今までに、二人の女と金目当てに、結婚し、その二人の女を、殺したんです。あの男は、殺しのような決定的な問題は、自分自身で手を下す。そんな男なんです。殺しを、人に頼んでしまうと、いつ、脅迫されるか、人にしゃべられるかが、不安ですし、指示した通りに、きちんと殺してくれたかどうかも分からない。そういう不安を持つのは、我慢できない人間だと、私は見ています。だから妻殺しを、計画すれば、絶対に、自分で殺す男なんですよ。そのため、この絵は、彼のアリバイになってしまうんです」

「しかし、君は、迷っているんだろう？」

「そうです。迷っています」

「君は、この絵を見て、中西遼に、アリバイがあると思った。しかし、その一方で、妻殺しの犯人は、夫の、中西遼だと、今でも、思っているんじゃないのかね？」

「ええ、それで、困っています。私は、今でも、中西遼以外の犯人は、考えられません」

「だが、彼には、アリバイのあることが、分かった」

「そうです」

「それで、君は、起訴を待ってくれというんだな？　何日、待てばいいのかね？」

滝本検事が、聞いた。

「あと一週間、一週間だけ、待ってください」

「一週間経てば、何か、分かるのかね？」

「とにかく、その間、もう一度、捜査を、し直してみます」

と、十津川が、いった。

4

「それは無理だよ」

滝本検事が、不機嫌に、いった。

「ダメですか?」

「そんなこと、当たり前だろう。すでに、中西遼は、起訴してしまっているんだぞ。それなのに、ここに来て、君は、突然、中西遼にはアリバイがあるといった。このままいけば、間違いなく、われわれは、裁判で負ける。負けるのが、分かっていて、続けられるかね？」

「やはり、ダメですか？」

「われわれには、二つしか、道はないんだよ。起訴を取り止《や》めて、中西遼を、釈放するか。負けるのを、承知で、このまま裁判に、持っていくか。そのどちらかだ。それしか方法は、ないよ」

「裁判は、いつから、開始ですか？」

「三月二十四日からだよ」

「それならば、あと、一週間余りありますね」

「ちょっと待ちたまえ」

急に、滝本検事が、手で遮った。

「君はさっき、もう一度、中西遼を調べたいから一週間、待ってくれといった。一週間待てば、どうにか、なるのかね？」

滝本検事は、いい、じろりと、十津川を睨《にら》んだ。

「自信は、ありません」

「本当に、自信がないのかね？」

「正直にいえば、ありませんが、しかし、全力を尽くせば、中西遼が、犯人だということを、証明できるかもしれません」

「証明できない場合だって、あるんだろう？」

「そうです」

「確率は、どのくらいなんだ？　負けが、六割くらいかね？」

「本当に正直にいえば、七対三です」

と、十津川が、いった。

「滝本検事は、どちらの道が、ベストだと思われますか？」

「釈放だね」

あっさりと、滝本は、いった。

「釈放ですか」

「どうせ、負けると分かっている裁判をしても、仕方がないだろう。時間をかけて、裁判で敗北するくらいなら、今、釈放してしまったほうがいい。中西本人にも、彼の弁護士にも、いろいろと、嫌味をいわれるだろうがね」

滝本が、いった。

十津川は、考え込んだ。

七対三で、裁判には負ける可能性があるといったのは、ウソではない。いや、勝つのはもっと少ない可能性しか、ないかもしれない。それは、十津川自身にも、分かっていた。

だから、滝本検事がいうように、中西を釈放してしまったほうが、傷は、深くならないだろう。

しかしと、思う。

「中西遼が、妻を殺したことは、間違いないんです」

「そうなると、結論は、一つしかないじゃないか。中西は、殺し屋を使って、妻を殺させ、その時刻に、『リゾート21』に乗って、アリバイを作った。これだけだろう。違うかね？」

「それも、考えましたが、私は、どうしても、中西本人が、手を下したと考えざるを得ないんです」

「それは、君の考えだろう？」

「そうなんですが……」

「それで、結局、ジレンマに、落ち込むんじゃないのか？」

「はい」

「困った人だ」

滝本検事は、小さな溜息《ためいき》をついてから、

「とにかく、あと一週間だ。その間に、勝てる見込みがついたら、連絡してくれ。見込みなしのままなら、連絡の必要はない。敗北宣言は、私一人でやるからね」

と、いった。

それでも、十津川は、しつこく、

「できれば、中西遼は釈放せずに、このまま、裁判に持っていってください」

と、いった。

「私に、負けると分かっている裁判に、賭けろというのかね？」

「そうです。本当に申し訳ないと思うのですが、ぜひ、そうしてください。お願いします」

「君はさっき、負ける割合は、七対三だといった。つまり、今のままだと、七〇パーセントの確率で、裁判に負けるということだろう？」

「その通りです」

「その裁判を、私に、やらせようというのかね？」

「滝本検事が、中西遼を、法廷に引っ張り出してくれれば、私は全力を挙げて、中西遼が犯人である証拠を見つけます」

「その証拠が、見つからなかったら?」

「私が、責任を取ります」

十津川が、滝本を見て、きっぱりと、いった。

滝本は、急に黙って、何か、考えているようだった。

「分かった。公判に持っていく」

と、十津川に、いった。

5

警視庁に戻って、三上刑事部長に、話をすると、三上は、露骨に、不快な表情になって、

「今になって、君は、いったい、何をいっているのかね?」

「確かに、今になってと、私も思いますが、中西遼には、どうしても、アリバイがあるんです」

「それで、検察には、もう話したのかね? 担当する、滝本検事にだ」

「滝本検事には、さっき、話してきました」

「検事は、怒ったろう?」

「ええ、怒られました」

「当たり前だ。それでは、中西遼は釈放か？　釈放すれば、誤認逮捕だといわれて、マスコミに、無茶苦茶に叩かれるぞ」

「釈放は、しません」

「じゃあ、どうするんだ？」

「滝本検事とも、話し合ったんですが、釈放せずに、このまま、公判に持っていくことになりました」

「勝てる見込みは、あるのかね？」

「三対七の割合でしかありません。勝てる見込みは、三〇パーセントです」

「それでよく、滝本検事が承知してくれたな」

「無理矢理ですが、承知してもらいました」

「それで、君は何をするんだ？」

「すでに、捜査本部を解散しています。ですから、何人もの刑事を使って、再捜査をするというわけには、いきません。私と亀井刑事の二人で、この事件の捜査をやらせていただきたいのです」

「しかし、内密に、捜査なんかは、できないんじゃないか？」

「難しいとは、思いますが、やれるだけ、やってみたいのです。私の勝手で、滝本検事には、負けると分かっているような裁判をやっていただくんですから、あと一週間、私と亀井刑事と二人で、全力を尽くして、中西遼について調べたいと思っています」

と、十津川は、いった。

6

三上は、中西遼の、再捜査については、一応、分かってくれたが、その代わりに、こんな注文をつけた。

「今回の事件は、若い男が、資産家の未亡人と二回にわたって結婚し、その二人を殺して遺産を手に入れたという事件だ。それだけに、マスコミも興味を持って、捜査の状況を新聞や雑誌に書き立てた。中西を逮捕、起訴した段階で、マスコミは、われわれのあとを、追いかけ回すことは止めてしまった。しかし、警察が、中西について、再捜査を始めたと分かれば、たちまち、君たちは、つけ回され、あることないこと、新聞や週刊誌に書き立てられ、テレビで、報道されるに決まっている。それだけは、覚悟しておけ」

「分かっています」

「注文がある。今回の事件は、すでに、私たちの手を離れて、検察の手に渡っている。

それにもかかわらず、今回再び、中西遼のことを、君と亀井刑事が、調べることになる。再捜査は結構だが、警察手帳を見せての質問などは、しないで欲しいのだよ。中西遼の身柄は、すでにわれわれの手から、検察庁に、渡っているんだ。それなのに、まだ調べていると分かったら、マスコミが、騒ぎ出すに決まっている。弁護士だって、文句を、いってくるだろう。だから、君たち二人は、絶対に、今回の事件を再捜査していることを知られないようにするんだ」

7

改めて、十津川は、自分が置かれた立場を考えてみた。

三上刑事部長が、いうように、この事件は、すでに、捜査が終わっているのである。それを内密で調べるのだから、中西遼の名前も出さないようにする必要があるし、警察手帳を振り回すわけにもいかないのだ。

8

正式に、中西遼の裁判が、東京地裁で開始されることが、決まった。今日から、一週間余りあとである。

それまでに、中西遼を有罪にするだけの、決定的な証拠をつかむ必要があった。

いい換えれば、突然現れた小林健介というサバンの人が描いた、三月三日の絵に対して、それを否定するに足る証拠をつかむということである。

差し当たって、十津川が、亀井と二人で調べるべきは、突然現れた、小林健介という、男のことである。ただ、どう対処していいのか、分からないというのが、正直なところだった。

個展に招待してくれた、警視庁の先輩で、現在、警備保障会社の、社長をやっている古賀昌幸と、知的障害者の会の、理事長をやっている木村健次郎には、中西遼に関する裁判については、何も話していなかった。

小林健介の絵に、驚いたが、それは、彼の記憶力と、絵の細密描写に、驚いたということにしてある。「リゾート21」のサロンカーの絵の中に、中西遼が、描かれていたことについては、十津川は、彼らに、何も話していない。

十津川は、去年の九月に出版された、小林健介の画集を買ってきた。十津川も亀井も改めて、その細密描写に、驚嘆した。

「まるで、写真そのものですね」

と、亀井が、いう。

「理事長の木村さんに、いわせれば、小林健介の記憶というのは、カメラで写すように、記憶されてしまうらしい」

「この画集の末尾に、小林健介の、略歴が書いてありますね。それによると、中西遼との接点は、どこにも、ないようです」

「私も、同感だ。年齢は、中西遼が三十一歳、小林健介が一歳年上の、三十二歳だが、いわば同じ世代だから、どこかに、接点があるんじゃないかと、思ったんだが、それはなさそうだね」

「小林健介は、子供の時から、あちらこちらの知的障害者の養護施設で、成長していますからね」

「そうだ」

「しかし、二人の間に、接点がないということは、この小林健介というサバンの男が描いた絵に、客観性を与えてしまうのではありませんか?」

「確かにそうなんだ。しかし、これは、予想されたことだよ」

十津川は、自分に、いい聞かせるようにいった。

「問題は、この小林健介と、彼が描いた『リゾート21』のサロンカーの景色、それを中西遼とその弁護士が、知っているかどうかということですが、このことで、私には、一つ、疑問があるんですが」

亀井が、いった。

「いってみたまえ」

「この絵に、描かれている男が、中西遼ならば、三月三日、犯行の日に、『リゾート21』に、乗っていたことになります」

「ああ、乗っていたことになる」

「それならば、なぜ、中西遼は、逮捕されたあと、この事実を、われわれに向かって、主張しなかったのでしょうか？　立派なアリバイになるのに。その点が、納得いきませんん」

亀井が、いうと、十津川は、笑って、

「それは無理だよ」

「無理ですか？」

「考えてもみたまえ。この絵を描いた小林健介という画家が、普通の画家ならば、中西も、そのことを、強く主張したと思うね。しかし、この画家は、その場に、スケッチブックを、持ち込んで描くんじゃないんだ。旅行が終わって、帰ってきてから、素晴らしい記憶力で、細密画を、描くんだよ。中西遼が、問題の『リゾート21』に乗っていたとすると、乗客のなかに、小林健介が、いることは知っていたと思う。しかし、今もいったように、スケッチブックも持たず、筆記用具も持っていない普通の人間だから、中西から見れば、ただの三十代の男でしかなかったと思うんだ。だから、いくら『リゾート21』に乗っていたと、主張しても、受け入れられないんじゃないか、アリバイにはならないだろうと、そう思って黙っていたんだと、私は思っている」

亀井も、急に笑い出して、

「忘れていましたよ。確かに、そうです。この絵だけを見ていると、どうしても『リゾート21』の中で、サロンカーの乗客を、描いたと思ってしまうのですが、この画家は、旅行が終わってから、描いている。描かれたほうも、自分が描かれたことに気づいていないのは、当然です。画家がいることも知らなかった中西が、それを主張しなかったのも当然ですね」

「そうだよ」

「それに、この細密画は、秀美が、殺害されたあとで、描かれていますから、中西は、今も、この絵が、描かれていることを、知らないと思いますね」

「そうだ。中西は、知らないはずだが、弁護士が、あの個展に、来ていれば、この絵に、気がつく可能性がある」

「担当弁護士は、誰でしたっけ?」

亀井が、聞く。

「崎田《さきた》という弁護士だ」

「どんな弁護士ですか」

「東京弁護士会に属して、自分の、法律事務所を持っている。六十歳前後のベテラン弁護士だと、聞いている」

「そんな、ベテラン弁護士ならば、一人で、中西遼の弁護を、するわけではないでしょう？」

「もちろん、自分の、法律事務所にいる弁護士も助手として、使うだろうね」

「崎田弁護士は、絵が好きでしょうか？　裁判が始まるのは、一週間後ですが、その間に銀座の個展を、見に行くでしょうか？」

「さあ、どうかな」

「あの個展は、何日まで、やっているんでしたっけ？」

「確か、明日で終わりだ」

と、十津川が、いってから、続けた。

「そうだ、あそこには、個展を見に来た人たちが、名前を書くノートが、置いてあったはずだ。個展が終わったら、それを、見てみたいね」

9

銀座の個展が終わってから、十津川は、木村に、電話をかけ、問題のノートを、見せてもらいたいと、いった。

「いやに熱心だな。何か理由があって、ノートを、見たいのかね？」

木村が聞く。

十津川は、本当のことを、いうわけにはいかないので、

「実は、小林健介さんの絵を見て、ショックを受け、感動したんです。知的障害者のなかにも、ああいう、天才がいるのかと、そう思いましてね。それで、どんな人たちが、あの絵を見に来ていたのか、知りたくなったのです」

とだけ、いった。

十津川は、三鷹の郊外にある「夢の国」に行って、理事長の、木村に会った。

いつもなら、亀井を同行させるのだが、一人で行ったのは、刑事が、二人も行って、妙に勘ぐられたら、困ると思ったからである。あくまでも、個人の興味ということにして、問題のノートを見せてもらった。

個展が開かれていたのは五日間。それなりに、かなりの人が見に来て、ノートに、署名していた。

感動したと、書き添えている人もいれば、ただ名前だけを、書いている人もいる。

十津川は、慎重に、ノートを、端から端まで見ていった。

昨日の、欄のところに、崎田晃《あきら》という名前があった。確か、崎田弁護士の名前は、晃だったはずである。それほど、多い名字ではないから、崎田弁護士である可能性は、極めて高い。

さらに、その隣には、少し、遠慮した小さな字で、佐藤伸子《さとうのぶこ》と、書かれてあった。この佐藤伸子というのが、崎田法律事務所で、仕事をしている、若手の弁護士だったら、崎田弁護士が、あの個展を見に行った可能性は、さらに、大きくなるだろう。

「まあ、コーヒーでも、飲んでいきたまえ」

木村がいい、若い女性職員が、コーヒーを淹《い》れてくれた。

「小林健介さんは、元気ですか？」

十津川が聞くと、木村は、嬉《うれ》しそうに笑って、

「元気で、相変わらず、絵を描いているよ。私が、彼を連れて、一泊二日の伊豆旅行をしたんだが、余程、それが楽しかったらしくてね。伊豆旅行を描いた絵が、十枚ほどあったので、それと前の絵と、合わせて、銀座で個展を開いたのだが、その後も、伊豆旅行の絵を、相変わらず描いているんだよ。どうかね、その絵を見るかね？」

木村がいい、小林健介が新しく描き加えたという伊豆旅行の絵を、五枚ほど、見せてくれた。

下田にやって来た、初代アメリカ総領事のハリスが、使っていたという、玉泉寺《ぎょくせんじ》と

いう寺とか、唐人《とうじん》お吉《きち》の写真や、記念品が展示されているお吉記念館などの絵があった。いずれも、驚くほどの細密画だ。

そのなかの一枚が、気になって、

「この絵は、下田の干物の店ですか？」

「ああ、市内の有名な干物の店だよ。小林君が、というよりも、この私が、そこの店の、干物が好きで、寄った時のことを、小林君が、描いているんだ」

なるほど、客が、店の中に三人いて、そのなかの一人は、間違いなく、木村理事長だが、残る二人のうちの一人は、「リゾート21」のサロンカーにいた中西遼だった。

（これでますます、中西のアリバイは、堅くなるな）

と、十津川は、思った。

10

十津川は、警視庁に、戻ると、すぐ亀井と二人で、新宿にある、崎田法律事務所について、調べてみることにした。

職員録を、取り寄せると、所長は、崎田晃である。

崎田法律事務所には、七人の、若い弁護士がいるのだが、そのなかに、佐藤伸子の、名前があった。

「間違いないな」

十津川が、いった。

「中西遼の弁護士が、あの、銀座の個展を見に行っているんですね」

「最終日の前日に、自分のところの、女性弁護士を連れて、見に行っている。あの画廊に、置いてあったノートに、二人とも、署名しているんだ。崎田晃という名前が一人だけならば、同姓同名の、別人ということもありうるが、崎田法律事務所の、女性弁護士の名前も、ノートに書いてあるから、これはもう、間違いない。崎田弁護士は、あの個展を見に行っている」

「しかしですね、あの『リゾート21』のサロンカーの車内風景を描いた絵のなかに、中西遼が、描かれていることに、崎田弁護士は、気がついたでしょうか？　気がついていなければ、あの絵を、中西遼のアリバイとして、使うこともないんじゃありませんか？」

と、亀井が、いった。

「その可能性は、ゼロじゃないが、しかし、気がついた可能性のほうが、大きいと思うね」

「そうでしょうか？」

「この二人は、銀座の個展に行く前に、すでに、中西遼の弁護を引き受けて、何回か、打ち合わせをしているんだ。当然、被告人について、強い印象を、持ったはずだ。そのあと、あの個展を見に行ったんだから、あの絵のなかに、被告人の中西遼がいることに気づいた可能性が強い」

「しかし、崎田弁護士ともう一人、佐藤伸子弁護士は、どうして、あの銀座の個展を見に行ったんでしょうか？　まさか、最初から絵のなかに、被告人の、中西遼が描かれているのを知っていて、それを見に行ったというわけじゃないでしょうな？」

「そうだな。どうして、崎田弁護士が、大事な裁判の前に、わざわざ、銀座まで個展を見に行ったのか、その理由が、大事かもしれないな」

11

十津川は、滝本検事に、電話をかけた。

「今度の公判で、中西遼の弁護を引き受けた崎田晃という弁護士ですが、どんな経歴で、どんな性格か、家族関係などが、分かったら、知りたいのですが」

「どうして知りたいんだ？」

「ただ、知りたいんです」

「それなら確か、崎田弁護士のことを、週刊誌が取り上げた記事があったから、それを探して、ファックスで送る」

滝本検事は、いってくれた。

五、六分すると、その週刊誌の記事が、ファックスで、送られてきた。

「私は、本当は、この仕事をやりたかった」

というタイトルで、書かれた記事だった。

名前は東京弁護士会所属、崎田晃となっていた。十津川は、その記事を読んでみた。

＊

「私は、弁護士になって、すでに、三十年になる。よく友達から、君という人間は、弁護士以外にはなれなかったんじゃないかといわれるのだが、本当は、父の仕事を継ぎたいと、思っていたことがある。

私が大学を卒業した時に、父は亡くなったのだが、父は、光明学園という知的障害者を教える学園の理事長をやっていた。

父の仕事は、教育面でも、経営面でも、非常に難しかったはずなのに、父は、いつも、ニコニコしていた。そんな父を見ていて、私は大学を卒業したら、父の跡を継いで、光明学園をやっていこうと、思っていたのだが、父の死とともに、莫大な借金があることが分かり、私が大学を卒業した時には、光明学園はあっけなく、潰れてしまった。

私は、卒業後、弁護士を、やってきたのだが、今でも、父のやっていた仕事のことに、関心がある。知的障害者というのは、ある面、普通の人よりも、すぐれた才能の持ち主だと、私は固く信じている。

昔、私は、銀座で、山下清の個展を見たことがある。ご存じのように、山下清は、知的障害があったといわれている。

しかし、天才的な、画家でもある。

その、たぐいまれなる記憶力で、山下清は、自分の体験を、絵に描いている。こういう人たちを育てるのが、父の夢だったに、違いなかった」

＊

ファックスで送られてきたのは、こうした記事だった。

読み終わって、十津川は、少しばかり、ホッとしたものを感じた。

崎田弁護士は、自分が弁護することになった中西遼のことがあるので、あの銀座の個展を、見に行ったのではなかったらしい。

もちろん、その気もなく、銀座の個展を見に行ったとしても、小林健介が描いた細密画のなかに、自分が弁護を引き受けた、中西遼が、描き込まれていることに、気がついている可能性は、十分にあった。

十津川は、そのことを、亀井に話したあと、

「私は今、少しばかり、自己嫌悪に陥っている」

「どうしてです？」

亀井が、不思議そうに聞く。

「崎田弁護士のことを調べたり、彼が銀座の例の個展を見に行った理由を知りたい、と思ったりした。そのことに、じくじたる思いがあってね」

「つまり、今回の事件について、正々堂々と戦いたい。そういうことですか？」

「そうなんだ」

「しかし、あと一週間で、中西遼の公判が始まるんです。われわれの手を、離れてしまっています。どうなるかは、見守るより仕方が、ないんじゃありませんか？」

「確かに、事件は、われわれの手を、離れている。しかし先日、銀座に行って、あの個展を見てしまった。三月三日の事件の日に、中西遼が、伊豆急の『リゾート21』に乗っていたことは、まず、間違いないことを知った。知っていながら、何とか、隠そうという気になっている。その自分の気持ちが、だんだん、嫌になってきたんだ」

「しかし、警部は、今でも、中西遼が、妻の秀美を殺したと、確信していらっしゃるん

でしょう？」

「もちろん、犯人は、夫の中西遼以外にいないと、思っている」

「でしたら、公判で、弁護士が、あの絵のことに気がつかなくて、中西遼が、有罪となったとしても、それは、警部の確信が、実現したわけですから、別に、悔やむことはないんじゃありませんか？」

励ますように、亀井が、いった。

「果たして、それで、いいんだろうかね？」

「警部は、わざわざ、崎田という弁護士に会って、被告人、中西遼のアリバイを証明する絵がありますよと、教えるんですか？」

「今、崎田弁護士に、あの絵のことを、教えたほうがいいかどうか、迷っている」

「敵に、塩を送る必要はないと、思いますね。裁判は、戦いというじゃありませんか？それに、崎田弁護士は、銀座の画廊に行っているわけです。行っているのに、あの絵のなかに、被告人の、中西遼が描かれていることに、気がつかないとすれば、それは弁護士として、落第なんですよ。わざわざ、注意を促すことなんかありませんよ」

亀井が、強い調子で、いった。

「敵に、塩を送る必要はないか？」

「そうですよ。相手は、ベテランの弁護士なんですから、気がつかないとすれば、それは、弁護士が悪いんです」

相変わらず、亀井は、十津川を励ますように、強い調子で、いい続けた。

「分かったよ」

十津川は、亀井の言葉を遮るようにして、いったが、それでも、まだ心のどこかに、小さな痛みを感じていた。

第三章　公判開始

1

いよいよ東京地裁で、中西遼の公判が開始された。

第一日目から、十津川は、傍聴に出かけた。

本当は、亀井も一緒に、連れていきたかったのだが、それは、諦めた。すでに捜査一課の手を離れた事件の傍聴に、二人もの、刑事が行ったのを知ったら、上司が、怒るだろうと、思ったからである。

十津川の関心は、ただ一つだった。

もし、弁護側が、伊豆急「リゾート21」の件を、知らなかったら、教えるべきか、あるいは、知らさずに、公判が進むに任せておくかということだった。

公判三回目で、弁護側の証人として知的障害者の会の、理事長をやっている木村と、問題の絵を描いた小林健介を、呼んだことで、十津川は、ホッとした。

やはり、弁護側は、問題の絵のことを、知っていたのだと、思ったからである。これで、悩まずにすむ。

崎田弁護士が、証人席の、木村に向かって、

「まず、あなたのお名前を、おっしゃってください」

「木村健次郎です」

「現在のご職業は？」

「知的障害者のための会の、理事長をやっています」

「あなたの会では、何人かの、知的障害者が共同生活をされているそうですね？」

崎田が、聞く。

その聞き方には、余裕が溢れているから、どう考えても、あの絵のことを知っていて、木村健次郎を、証人席に座らせたに違いなかった。

「現在、共棲《きょうせい》している知的障害者は、八人です」

「その八人のなかに、小林健介さんという人がいると、思うのですが、間違いありませんね？」

「ええ、間違いなく、小林健介君は、ウチの会に、入っていて、毎日、絵を、描いていますよ」

と、木村が、答えた。

崎田弁護士が、隣に座っている、助手の佐藤伸子に、合図を送ると、彼女が、例の絵を、持ち出した。

「この絵は、今いった、小林健介さんが、描いたものですね？」

「その通りです」

「これは、いつの、どんな場所を、描いたものですか？」

「今年の三月三日に、熱海から下田に向かう伊豆急『リゾート21』の、サロンカーの車内を描いたものです」

「小林健介さんは、なぜ、伊豆急『リゾート21』のサロンカーの中の光景を、描いたのですか？」

「小林健介君は、今ここに、来ていますが、彼は、独特の、記憶力の持ち主なのです。旅が好きで、どこかに、行って帰ってくると、自分が見た景色を、ご覧の絵のような、細密描写で、描き上げるのです。驚くほど細かく描くので、普通の方は、彼が、現場にいて、見たままを、その場でスケッチしたのではないのかと、思われますが、実は、小林健介君の絵は、違います。その場では、全然描かないのです。帰ってきてから、独特の記憶力を、駆使して、ご覧のような、まるで、写真のような細密画を、描くのです。小林健介君の独特の記憶力は、日本のゴッホといわれていた、山下清さんに、よく似ています。山下清さんも、小林健介君と、同じように、知的障害を持っていたといわれていて、知的障害者のための、千葉県の八幡《やわた》学園という施設にいて、どこかに出かけると、帰ってきてから、細かい貼り絵を描いて、日本のゴッホと、呼ばれていましたが、その記憶の仕方は、小林健介君と、まったく同じです。山下清さんも、旅行から帰ってきてから、絵を描いていますが、小林健介君も、その場では、一切描かずに、帰ってきてから、描くのです。三月三日は小林健介君の誕生日で、何をしたいかと、聞いたところ、伊豆半島の下田に行ってみたいといったので、私が付き添って、小林健介君と一緒に、下田に行ってきました。東京から熱海までは、新幹線に乗り、熱海で、乗り換えて伊豆急の『リゾート21』に乗りました。この列車をご存じの方なら分かると、思うのですが、窓が大きくて、椅子が、窓に向かって置かれていて、腰を下ろしたまま、車窓に広がる、伊豆の海の景色を、堪能できるのです。それでわざわざ、熱海で乗り換えて、伊豆急の『リゾート21』に乗ることにしました。下田に着き、そこで一泊して、東京に、帰ってきたのですが、そのあとで、小林健介君は、この絵を、描いているのです」

「三月三日に、下田に旅行すること、そして、熱海で、伊豆急の『リゾート21』に乗り換えることを、証人は、誰かに話しましたか？」

「いいえ、誰にも、話していません」

「どうしてですか？」

「私も小林健介君も、騒がれるのが、イヤなんですよ。それに、今回は、二人だけの、下田への、旅行ですからね。誰に話す必要もないと、思っていました。ですから、誰にも話していません」

「どうも、ありがとうございました」

崎田弁護士は、木村に礼をいったあと、

「この絵には、八人の乗客が、描かれています。そのなかの一人を、大きく引き伸ばしたものを、皆さんに、お見せします」

と、いい、佐藤伸子が、その引き伸ばされた絵を持ち出した。とたんに、小さな嘆声が起きた。

「ご覧のように、楽しそうに、缶ビールを飲んでいる背広姿の若い男が、描かれています。この顔に、見覚えがありませんか？　そうです、間違いなく、絵の男は、現在、被告席にいる、中西遼本人です。私たちが調べたところ、この絵が描かれた時刻は、三月三日の、午後二時七、八分過ぎと、判明しました」

と、崎田弁護士は、いい、ひと呼吸置いてから、

「この公判における、検事側の冒頭陳述を、思い出していただきたい。そのなかで、こんなふうにいっているのです。本年三月三日の、午後二時頃に、被告人の、中西遼は、金目当てに結婚した、妻の秀美、四十歳を、ナイフで刺し殺したと、そう述べているん

ですよ。同じ、三月三日の午後二時頃ですよ。その時、被告人中西遼は、伊豆急の『リゾート21』に乗っているんです。これで、被告人中西遼が、無実であることは、はっきりしたと思います」

「では、検事側、反対尋問を、どうぞ」

裁判長が、滝本検事を見た。

滝本検事が、立ち上がったが、十津川の目には、滝本検事の顔は、自信がなさそうに、見えた。

滝本検事は、木村健次郎に向かって、

「問題の絵は、木村さんが、理事長をやっている、知的障害者の会の小林健介という三十二歳の男性が、描いたものだそうですね。間違いありませんか？」

「もちろん、間違いありませんよ。彼は、ウチの会に、もう何年もいるのですが、絵を描くのが、何よりも、好きなのです」

「この絵について、今年の三月三日、伊豆急の『リゾート21』に乗って、下田まで行き、下田で一泊して帰ってきた。その思い出を、小林健介という青年が、描いたと、いわれましたね？」

「ええ、その通りです」

「小林健介さんは、二日間にわたって、下田旅行をしたわけですね？」

「ええ、そうです」

「それなのに、どうして、伊豆急の『リゾート21』の、サロンカーの中の絵しか、描いていないのですか？」

「そんなことはありませんよ。『リゾート21』以外にも、旅行の思い出を、何枚も描いています」

木村は、さらに下田の町や、観光船などを、同じ細密さで描いた五枚の絵を持ち出した。

「木村健次郎さんは、こちらにある、履歴書によりますと、元、警視庁捜査一課に、いらっしゃって、捜査一課長まで務められたと、書いてあります。警視庁をお辞めになったのは、何年前ですか？」

滝本検事が、聞いた。

「五年前です」

「それでは、警視庁には、今でも、現役時代に親しくしていた友人が、何人も、いらっしゃるでしょうね？」

「ええ、もちろん、何人も、おりますよ」

「時には、現役の、警視庁の刑事と、夕食を共にしたり、警視庁に、訪ねていって話をしたりすることも、当然、おありになりますよね？」

「いや、それがですね、私は現在、知的障害者の会の、理事長をやっていますが、これが、非常に忙しくて、昔の警視庁の仲間や、あるいは、後輩たちと、会って話をするような時間が、まったくといっていいほどないのですよ。これは、残念なことなんですがね。それで今、ほとんど、警視庁OBとしての時間が、持てないのですよ」

「しかし、一年に二回か三回は、後輩とか、あるいは、昔の仲間、同僚に、会っているのでは、ありませんか？」

「そうかもしれませんが、ほとんど、記憶がないんですがね」

「そのわずかな時に、今回の、殺人事件の被告人、中西遼の話を、お聞きになったことが、あるのではありませんか？」

「いや、まったくありませんね。今もいったように、私は、五年も前に、警視庁を退職して、現在は、知的障害者の会の理事長として活動していますから、現実の事件については、ほとんど、興味がなくなっていますし、そんなことを、知る必要もないんですよ」

「それでは、問題の絵について、お聞きしますが、作者の小林健介さんの才能を、発見されたのは、木村さんだとお聞きしました。これは、本当ですか？」

「ええ、本当です」

「そうだとすると、小林健介さんは、木村さんのことを、心から、信頼しているのでは、ありませんか？」

　滝本検事が、聞くと、木村は、照れくさそうに、

「その点は、小林君本人に、聞いてください」

「三月三日の、下田行きについては、木村さんと、小林健介さんの二人だけで、旅行なさったわけでしょう？」

「ええ、そうです」

「問題の絵を、小林さんは、描かれたわけですが、それは、例えば、『リゾート21』の車内の様子を、思い出して、描きなさいといったように、何を絵に描くかについて、木村さんが、小林健介さんに、指示をして描かせたのですか？　それとも、小林健介さんが、まったく自由に、描いたんですか？」

「もちろん、自由に、描かせましたよ。彼は、どちらかというと、気難しい男でしてね。私が、これを描けというように、いちいち指示を出したら、おそらく、つむじを、曲げて、まったく描かなくなって、しまいます。そのことは、みんなが、知っているのです」

2

次に、滝本検事は、小林健介の、反対尋問をすることになった。

滝本検事は、小林健介に、彼が描いた絵を、見せておいてから、

「ここに、大きく、描かれている男ですが、この男の名前を、知っていますか？」

と、聞いた。

「知りません。全然知りません」

小林は、大きな声で、答えた。

「では、この法廷内を、見てください。被告人席に、背の高い男性が、座っているでしょう？　あの男と、あなたが描いたこの絵の男と、よく、似ているように見えませんか？　いや、同じ人間に、見えませんか？」

滝本検事が、聞く。

「よく分かりません。絵の人と同じ人なんですか？」

逆に、小林が、聞いた。

「被告人席にいる男と、前に会ったことは、ありませんか？」

「会っていない。知らない人です」

と、小林が、いう。

誰も、小林が、ウソをついているとは、思わなかった。

その時点で、滝本検事は、それ以上、小林健介に対する、反対尋問を諦めてしまったように見えた。

その日の公判が、終わると、十津川は、警視庁に戻って、亀井に、公判の様子を、知らせた。

亀井から、ぜひ、教えてくれと、いわれていたからである。

警視庁の中の、ティールームで、コーヒーを飲みながらの、話になった。

「だいぶ、お疲れの様子ですが、やはり、弁護側は、問題の絵を、持ち出してきたみたいですね」

亀井が、十津川に、いった。

「そうなんだよ。今日の公判が開始されるとすぐに、弁護側は、あの絵を、持ち出してきたんだ。あの絵を描いた小林健介と、知的障害者の会の、理事長をやっている木村さんを、証人として呼んで、二人に、証言させた」

「そうなると、検事側は、不利になってきますね」

「それは、仕方がないと思ったよ。滝本検事が反対尋問を、したんだが、生彩がなかったね」

「でも、警部は、どこかで、少しホッとしているんじゃありませんか？」

「実は、そうなんだよ。もし、弁護側が、問題の絵について、何も知らず、公判のなかでも、絵を持ち出さずにいて、負けでもしたら困るなと、内心思っていたんだ。あの絵を持ち出さずに、公判が終わってしまっていたら、いわゆる画竜点睛《がりようてんせい》を、欠くことになってしまうからね」

「問題は、あの絵の信憑性《しんぴようせい》でしょうね。あの絵が、被告人、中西遼の無実を証明するものになるかどうか、その点が、争われるようになると、思うのですが、どんな様子だったんですか？」

「まず、あの絵が、三月三日、伊豆急の『リゾート21』のサロンカーの車内を描いたものであること。その日の、午後二時七分か、八分の間の状況を、描いたものだということが、証言された。小林健介を、三月三日、彼の誕生日に伊豆急の『リゾート21』に乗せて、下田に連れていき、そこで一泊したと、木村健次郎さんが、証言した。三月三日が小林健介の誕生日で、その日に、下田に行きたいといわれたので、木村さんが二人で、『リゾート21』に乗って、下田で、旅館に一泊した。二人が宿泊したという、その旅館の女将《おかみ》の証言も、公判の席で、明らかにされた。つまり、偶然、三月三日、問題の『リゾート21』に、木村健次郎さんと、小林健介が乗っていて、あとになってから、その、サロンカーの様子を、記憶力を使って、描いたということの証言だった」

「偶然なら、信憑性が、あるということになってきますね。前から、小林健介という天才画家が、中西遼を、知っていたということは、ないんですか？」

「その点については、滝本検事が、しつこく反対尋問していたがね、小林健介は、まったく知らない人だと、きっぱりと、否定したよ。普通の人がいうよりも、彼の証言は、迫力があったよ。私も、それを聞いていて、これは、間違いないと思ったよ。そんなことで、ウソをつけるような人間では、ないんだ、あの小林健介という男は」

「もし、小林健介が、中西遼を、知らないとしてもですね。警視庁ＯＢの、木村健次郎さんは、中西遼のことも、彼が関係した殺人事件のことも、知っていたんじゃありませんか？」

と、亀井が、聞く。

十津川は、苦笑して、

「滝本検事も、そのことをしつこく聞いていたね。もし、木村健次郎さんが、中西遼のことを知っていたり、あるいは、彼が絡んだ殺人事件のことを、知っていたとすれば、あの絵の信憑性も、少しは薄らぐと、滝本検事は、考えたんだろう。しかし、木村さんは、五年前に、警視庁を辞めて以来、ほとんど、警視庁を訪ねたこともないし、ＯＢとして後輩に会ったり、現在の捜査一課が、抱えている事件について、聞いたこともないと、そう証言した」

「その証言は、本当なんでしょうか？　信じられるものなんでしょうか？」

「その点は、私にも、分からない。しかし、木村健次郎さんが、ウソをついていると、証明するのは、かなり、難しいと思うよ。だから、滝本検事も、反対尋問は、簡単に、済ませてしまった」

3

翌日、十津川は、上司の、三上刑事部長に、昨日の公判の模様を、報告した。

「弁護側から、問題の絵が提出されて、私の見たところ、今後、弁護側に、有利に働くものと、思われます」

十津川が、いうと、三上は、

「しかし、絵は、あくまでも、絵だろう？　私には、写真ほど、証拠としての価値が、あるとは、思えないがね」

「実は、逆に、今度の公判では、あれが、写真だったら、それほどの力は、なかったはずなのです。あれが、絵だからこそ、証拠としての価値があって、弁護側に、有利に働くと、私は見ています」

「どうも、君のいうことが、よく分からないのだが、どうして、写真よりも、絵のほうが、証拠として、強いのかね？　その辺が、よく理解できないから、私にも、分かるように説明してくれないかね？」

少し怒ったような口調で、三上刑事部長が、いった。

「確かにひと昔前まででしたら、写真には、大変なリアリティがあって、証拠として、強い力を持っていたと、思います。しかし、今、写真は、どうにでも、自由に加工が、できるのです。例えば、一人の人物が写っている写真があったとして、その背景を、まったく別なものにしてしまうことだって、簡単にできるのです。もし、あれが、写真でしたら、中西遼の写真を写し、バックを『リゾート21』のサロンカーの車内にして、一枚の写真にしてしまうことなど、わけのないことだと、思うのですよ。ところが、絵は、そうはいきません。中西遼も、サロンカーの車内も、全部一人の、小林健介という画家が、描いてしまっています。その上、小林健介は天才画家ですが、同時に、知的障害者でもあります。誰かに、金をもらって、命じられた構図、背景の絵を、描くようなことはできないでしょう。ですから、あの絵は、小林健介が、自由に、自分の記憶だけをたどって、描いたものなのです。あの絵を、描いた時、中西遼は、すでに容疑者として見張られていますから、二人が、接触する機会も、なかったことになります。それを考えると、写真などよりも、あの絵は、はるかに証拠能力が高いのです」

と、十津川は、いった。

4

十津川は、次の日の夕刊に、こんな広告が出ているのを見て、ビックリした。

広告を、載せたのは、崎田弁護士が所長をやっている、崎田法律事務所だった。

広告には、問題の絵が載っていて、次の文章が添えられていた。


〈現在、私の法律事務所では、殺人事件の公判で、被告人の弁護をやっております。ご覧の絵は、今年の三月三日、伊豆急『リゾート21』のサロンカーの車内の様子を、描いたものです。ここに八人の人が描かれていますが、これは、自分だという方は、ぜひ、当法律事務所まで、ご連絡をいただけないでしょうか？　あなたの証言が、被告人を助ける力となるかもしれません〉


十津川は、崎田弁護士が、攻勢に出たのを感じた。滝本検事は、おそらく、この広告を見て、ますます、不愉快になっていることだろう。

五日後の第四回公判で、崎田弁護士は、二人の若いカップルを、証人として呼んだ。

傍聴人席から見ていた十津川は、二十代のそのカップルが、あの絵のなかに、描かれている若い男女だと、すぐに、理解した。

ものすごいリアリティを、持って、その若い男女の顔が、描かれていたし、今日の服装も、絵と、まったく同じだった。

たぶん、崎田弁護士が、あの絵と同じ服装、つまり、「リゾート21」に乗っていた時と、同じ服装で、来てくれと頼んだのだろう。

二人の名前は、黒川誠《くろかわまこと》、二十八歳と、水沼結衣《みずぬまゆい》、二十五歳。二人とも、新宿西口にある大きなカメラ店の、従業員だと証言した。

崎田弁護士は、二人に向かって、

「私どもの新聞広告に、名乗り出ていただいて、まず、お礼を申し上げます」

と、いってから、

「最初に、黒川誠さんに、お聞きしますが、この絵に描かれている、若いカップルは、ご自分たちだと、認めますね？」

「ええ、間違いなく、僕が、そこに描かれています。先日の夕刊の広告を見て、裁判のお役に立てればと思い、彼女と二人で、相談して、そちらに、お電話したんです」

「この場面は、いつの、何という列車なのか、教えてください」

崎田が、型通りの質問をした。

「三月三日の熱海発『リゾート21』のサロンカーの車内です」

「間違いありませんね？」

「間違いありません」

「それを、証明できますか？」

「実は、一緒に、ここに来ている水沼結衣さんと、二人で会社に、休暇をもらい、伊豆に行ったのですが、その時に一緒に撮った写真を、持ってきました。その写真に、三月三日とPM一時五〇分と書いてあります」

黒川が、いい、それを、大きく引き伸ばしたものを、崎田弁護士が、法廷に、持ち出した。

「この写真ですね？」

「そうです。二人で、伊豆急の『リゾート21』に乗り、サロンカーに行ったのです。その時、二人でお互いの写真を、撮り合ったのですが、それがこの写真で、ご覧のように、三月三日午後一時五〇分と、記されています」

「その時、サロンカーには、あなた方のほか、何人の、乗客がいたのですか？」

「僕たちのほかには、確か、六、七人の乗客がいたと、記憶しています」

黒川が、証言し、同時に呼ばれていた水沼結衣も、

「確か、七人でした」

と、証言した。

「そのなかに、どんな人がいたか、覚えていますか？」

崎田弁護士が、二人に、聞いた。

二人は、小声で、話し合ったあと、今度は、水沼結衣が、

「まず、家族連れの方が、いらっしゃいました。若いご両親と五、六歳のお子さんの家族です。それに、五十歳くらいの女性。それから今、被告人席にいる、背の高い男の人もいました。そして、三十代で、身長百六十センチくらいの小柄な男の人と、六十代くらいの、背広姿の立派な紳士もいましたね。あとになってから、その三十代の男の人は、山下清のような、天才画家だと、聞いたのですが、その時は、まったく、分かりませんでした。何しろ、その場でスケッチブックを開いて、絵を描いていたわけじゃありませんから」

「そのサロンカーの中には、今、被告人席にいる被告も、乗っていたんですね？」

念を押すように、崎田が、聞いた。

「ええ、乗っていました」

「その時の、被告人ですが、どんな様子でしたか？」

「とても、楽しそうでしたよ。窓から海を見ながら、おいしそうに、缶ビールを飲んでいらっしゃったのを、よく覚えていますから」

水沼結衣が、証言した。

「今、お二人は、問題の絵を描いた人が、有名な天才画家だとは、知らなかったと、いわれましたが、名前も、知らなかったんですか？」

「ええ、まったく知りませんでした」

今度は、黒川誠が、答えた。

「では、車内では、どういう人だと、思っていたんですか？」

「別に、何とも思いませんでしたね。ただの普通の乗客だと、思っていましたから。スケッチブックも、持っていませんでしたし、絵描きだという感じは、まったく、なかったんですよ。ただ、六十代の男の人と二人で、何か小声で、話し合っていたから、親子かなと、思ったくらいです」

「被告人席にいる中西遼ですが、お二人は、彼のことを、知っていましたか？」

「事件のあとで、新聞やテレビが、大きく取り上げていたから、事件のことも、被告人の、中西遼という名前も、知りました。事件の前から、彼を知っていたわけじゃありません」

「事件の前には、名前を、知らなかったというわけですね？」

「当たり前でしょう。前には会ったことのなかった、人なんですから。もちろん、事件があったあとでは、中西遼という名前は、テレビや新聞で、知りましたけど、本物の中西遼さんを見たのは、今が、初めてです。いや、あの、サロンカーの中では、見ているんだから、二回目ですかね。ただ、あの時は、名前も、どんな人なのかも、まったく知りませんでした」

黒川誠が、くり返す。

「反対尋問がありますか？」

裁判長から聞かれて、滝本検事は、ちょっと、迷ってから、

「問題の絵を、見られたのは、いつですか？　小林健介さんは、銀座で、個展を開いていたのですが、その時にご覧になったんですか？　それとも、新聞の広告でご覧になったのですか？」

「個展のことは、知りませんでした。新聞の広告で、初めて、見たんです」

黒川が、いった。

「もう一度、問題の絵を、よく見てください。そこに、大きく描かれている、長身の男ですが、被告人席の、中西遼と同一人物だと、思われますか？」

「もちろん、中西遼さんでしょう。よく似ているし、僕たちのことも、描かれていて、それが、あまりにもよく似ているので、ビックリしているんですよ」

「具体的に、どんなところに、ビックリしたのですか？」

「そうですね。僕は、横顔が、描かれているんですが、目の辺りに、小さくですけど、青く腫れたところが、あるんですよ。彼女と二人で、伊豆に行く二日前に、会社の同僚

と、キャッチボールをやっていて、硬球がもろに、僕の目の近くに当たったんです。僕がキャッチボールをしながら、わき見をしたのが、いけなかったんですけどね。とにかく、痛かったですよ。そのあとで見たら、青く、腫れていました。その青く腫れた部分まで、きちんと、描いてあるじゃないですか。そのことに、僕はビックリしたんですよ」

「私もビックリしていますわ」

水沼結衣が、いった。

「あなたは、どういうところに、ビックリしているんですか？」

「私の持っている、ハンドバッグですけど、前に、韓国に行った時、向こうで、注文して作ってもらったんです。その時に、小さく、ＹＭって、イニシャルを入れてもらったんです。あの絵を見ると、ハンドバッグに、ちゃんとＹＭって、描いてあるんです。だから、ビックリしてしまって、ものすごく、正確に描く人なんだなと思って、感心したんです」

と、水沼結衣が、いった。

反対尋問をしながら、滝本検事は、次第に、不愉快そうな顔に、なっていった。反対尋問が、かえって、弁護側に有利に働いてしまうと、思ったからである。

5

その日の夕方、十津川は、滝本検事に呼ばれて、新宿で夕食を取った。歌舞伎町《かぶきちょう》にある、天ぷら屋である。

そこの個室で、二人は、天ぷら定食を食べながら、公判について、話し合った。

「今日も、君は、傍聴人席にいて、裁判を見ていたようだね」

と、滝本が、いう。

「ええ、どうにも、気になるので、時間があれば、公判を、傍聴しています」

「それなら、今日のことは、よく分かっているはずだ。私はね、反対尋問を、しながら、自然に、落ち込んでいったよ。反対尋問をすればするほど、こっちが、不利になっていく。そんな気がして、仕方がなかった」

「分かります」

短くいい、十津川は、うなずいた。

「確か、君は、公判までの、一週間の間に、何とか、中西遼が、犯人だという証拠を、つかんでくれるんじゃなかったのかね？」

「そのつもりでしたが、公判開始までに、とうとう、それらしい証拠を見つけることが、できませんでした。申し訳ないと思っています」

「君を責めるつもりはないんだ。私だって、いきなり、問題の絵が、出てくるまでは、中西遼が犯人だと、確信していたし、公判では、絶対に勝てると、思っていたんだ」

「私も同じです」

「これからだが、あの絵に対抗できるような有罪の証拠を探し出せると、思うかね？」

「何とかして、見つけ出したいと、思っていますが」

十津川の声も、自然に、暗いものになっていく。

その後、しばらく黙って、二人とも、食事を続けていたが、

「君は以前に、中西遼という男は、殺人のような、大きなことは、自分で手を下してやるはずだ。金を出して、他人に、殺人を依頼するようなことはしない。そんなことをいっていたね？」

「ええ、いいました。今でも、そう思っています。あの男は、そういう男です。平気で人を騙《だま》したりする男ですが、犯罪の肝心の部分では、人任せにせず、自分が手を下す。そういう男です」

「中西遼は、以前に、結婚詐欺のようなことをやって、かなりの財産を、手に入れている。だから、今回の事件でも、大金で、殺し屋のような人間を雇って、三月三日、自分は、伊豆急の『リゾート21』のサロンカーに乗って、アリバイを作っておいて、その雇

った人間に、妻を殺させた。そういうことは、考えられないかね？」

「まず、あり得ません」

十津川が、きっぱりいうと、滝本検事は、苦笑して、

「しかしだね」

と、いった。

「今のままでは、間違いなく、被告人の中西遼に対して、無罪の判決が、下ってしまう。それに対する、唯一の反論としては、確かに、三月三日の、午後二時頃、『リゾート21』のサロンカーの中に、中西遼がいたが、その同じ時刻に、大金で、殺し屋を雇い、妻の秀美を殺させた。それを証明する以外に、勝ち目は、ないんだ。それに、君は、中西遼は、そんなことは絶対にしないといっているが、財産があるんだから、大金で殺し屋を雇うことだって、簡単なことだろう？　もし、それが、証明されれば、今回の公判は、こちらの、勝ちになる。何とか、中西遼に頼まれて、三月三日の、午後二時頃、彼の妻を、自宅で殺したという人間を見つけ出せないかね？」

「滝本検事は、中西遼に、雇われた殺し屋が、彼の妻を殺した。そう、お考えなんですね？」

「私だって、中西遼が、直接手を下して、妻を殺した。それがいちばん、まともな、判断だと思っている。しかしね、何回もいうが、今のままでは、こちらが、負けてしまう

んだ。こちらが、勝てる唯一の方法は、中西遼が、大金を払って、殺し屋に妻を殺させたということなんだ。君だって、今も中西遼が犯人だと思っているんだろう？」

「もちろん、そう、思っていますから、検事に、お願いして、中西遼を起訴していただいたのです」

「それならば、やはり、殺し屋を雇って妻を殺させた。それしかないんだ。私も君も、妻殺しは、中西遼だと、思っている。だから、本人に、アリバイがあるとすれば、殺し屋を雇って、妻を殺させたと、考えるほかに、あり得ないんだよ。中西遼がクロだとすれば、その殺し屋が、どこかに、いるはずだ。何とかして君に、その殺し屋を見つけ出して、欲しいんだ」

「困りましたね」

と、十津川が、いった。

「私だって困っているんだよ。意気揚々として、起訴に持っていったのに、公判で負けるようなことがあれば、私のメンツが、丸潰れになる。それを、考えてもらいたいね。だから、何とかして、中西遼に、金をもらった殺し屋を見つけ出して欲しいんだ。絶対に、どこかにいるはずだから」

滝本検事は、最後に、そういった。

6

「今度は、殺し屋を探せ、ですか？」

亀井が、小さく笑った。

「そうなんだよ。滝本検事の、考えでは、このままでは、公判は弁護側の勝利になり、中西遼に、無罪の判決が出てしまう。唯一、それに勝てるのは、中西が、自分自身では、手を下さず、金で雇った殺し屋に、妻を殺させたという証拠を見つけ出すことだけだと、いうんだ。もし、中西遼に無罪の判決が出たら、私の責任にもなる。中西遼が犯人に間違いない。そう思い込んで、滝本検事に、起訴をお願いしてしまった。その責任は、私にあるからね」

亀井が、いった。

「それでは、何としてでも、殺し屋を、探し出すことにしますか？」

もちろん、現在進行中の、裁判に対して、警視庁捜査一課の刑事たちが、公判に絡んだ殺し屋を探しているというようなことを、公にできるはずはない。それで、十津川と亀井の二人だけが、密《ひそ》かに、動くことになった。

二人はまず、中西遼に関する、捜査資料に、もう一度、目を、通すことから始めた。

捜査資料には、彼についてのあらゆる資料が集められている。

そのなかの、彼の交友関係について、もう一度、資料を読み直してみることにした。

中西遼は、高校、大学時代を通じて、陸上部に、所属していた。その頃に知り合った友人のなかには、文字通り、体育会系の友人が、いるに違いない。

十津川が、探したのは、その体育会系の友人のなかの落ちこぼれである。

年齢は、中西遼と同じ三十一歳。あるいは、一、二歳若かったり、年上だったりするかもしれないが、三十代で、一流会社のエリートコースにいる人間は、中西が、大金を投じても、彼に代わって、人殺しなど引き受けないだろう。

いい会社には、就職できず、いわゆる落ちこぼれで、逞《たくま》しい肉体を、持て余しているような男がいれば、ひょっとすると、中西に頼まれて、大金で、彼の妻を殺すことを、引き受けるかもしれない。

十津川は、中西の友人のなかから、二人の名前を、ピックアップした。

渡部《わたなべ》要《かなめ》と、外山《とやま》晴彦《はるひこ》である。

渡部要は、高校時代の、中西の友人で、同じ陸上部にいた。渡部は、高校を卒業したあと、大学には進まず、父親がやっている、建築会社で働いた。

二十五歳の時に、結婚、しかし、その二年後、二十七歳の時に、父親が、経営していた建築会社が、不況で潰れてしまった。

そのあと、渡部は父親とは別れて、妻と二人、友人から、金を借りて、自分で、建築会社を設立したりなどしたのだが、いずれも失敗。現在、妻がパートで働いているが、妻との間も、うまくいっていない。

外山晴彦は、大学時代の友人である。同じ陸上部にいたが、もちろん、二人とも、選手として全国大会に、出場するようなところまでは、いっていなかった。

外山は、資産家の一人息子だった。大学卒業後は、定職にも就かず、父が稼ぐ金で高級なマンションに住み、高級な外車を乗り回していた。

ところが、外山が、二十八歳の時、父親が突然、病死した。亡くなったあとで、分かったのは、莫大な負債が、あるということだった。

それまでは、父親の名前で、銀行も、その事業に融資していたし、一緒に、仕事をやる仲間もたくさんいた。

しかし、その父親が、死んでみると、銀行は手のひらを返すように、融資した金の返済を求め、友人たちも、一人もいなくなってしまった。

ただ一人、残された外山晴彦には、父親の負債を返済する力はないし、そのつもりもなかった。まともに、働く気もなくて、友人たちの間を回っては、借金を、くり返していた。どうやら、中西遼からも、金を借りたことが、あるらしい。

十津川は、この二人の名前を、手帳に書き写しながら、

「今のところ、可能性があるのは、この二人だな」

と、亀井に、いった。

「この二人の、三月三日のアリバイを、調べてみましょう。三月三日午後二時前後のアリバイが、なければ、その男が、中西遼から、金をもらって、中西の奥さんを、殺した可能性が出てきますから」

と、亀井が、いった。

十津川と亀井は、まず、渡部要に、会いに出かけた。

前にも、渡部要に話を聞きに行ったことがある。それは、容疑者、中西遼について、話を聞くためで、渡部要が、今回の殺人事件に、絡んでいるとは、その時には、まったく、思っていなかった。

何しろ、十津川は、中西遼が、自分の手で、妻を殺したと、固く、信じていたからである。

渡部要は、前と同じように、武蔵小金井《むさしこがねい》のマンションにいた。

渡部は、昼間から仕事もせず、数字遊びをしていた。数字遊びというよりも、どうやら、サッカーくじの番号を、選んでいるらしかった。

前に会った時と、同じように、一攫千金《いっかくせんきん》を夢見ているのだろう。

一緒に住んでいる妻の、姿はなかった。たぶん、前と同じように、彼女が、一人で働いて、この家の家計を、保っているらしい。

「アイツのことなら、もう、話すことなんてないよ」

いきなり、渡部が、十津川に、いった。

「いや、違うんですよ。今日は、渡部さん、あなたご自身のことについて、お聞きしに来たんですよ」

「俺のこと？」

渡部は、オウム返しに、いった。

「俺は、何もしていないぜ」

「今年の三月三日、どこで、何をしていたか、それを、聞きに来たんですよ」

「三月三日って、ヤツが、奥さんを、殺した日だろう？　俺は、そのことには、何の関係もないよ」

「いや、そういうわけにも、いかないんですよ」

と、亀井が、いった。

「とにかく、今年の、三月三日の午後二時前後、あなたが、どこで、何をしていたのか、話してもらえませんか？」

「そんなことは、知らないよといったら、どうなるんだ？」

「中西遼の共犯として、あなたに、警察に来ていただくことになります」

脅かすように、十津川が、いった。

「おい、ちょっと、待ってくれよ」

渡部は、急に慌てたような顔になり、

「今、考える」

「考えて下さい」

「三月三日だな？」

「そうです」

「ひな祭りだ」

「そうですよ」

「それなら、何か、やったんだ」

と、いって、渡部は、また、しばらく考えていたが、

「ああ、そうだ。ウチのヤツが、ひな祭りなのに、部屋の中に、何もなくて寂しい。せめてデパートに、おひな様を見に行きたいと、いうもんだから、昼飯を食べたあと、銀座のデパートに行ったんだ」

「あなたと奥さんが、三月三日の午後に、銀座のデパートに、出かけたことを、証明できますか？」

「ああ。おひな様を、買ったんだよ。もちろん、安物だけどな。銀座のMデパートだ」

渡部は、そういって、押し入れを開けて、ごそごそと、探し物を始めた。

五、六分して、ガラスケースに入った、小さなおひな様を、探し出して、十津川たちの前に置いた。

なるほど、いかにも安物といった感じの、内裏様二体だけの、おひな様である。

「しかし、これを、三月三日の午後に、銀座のMデパートで、買ったという証拠は、ありますか？」

「ああ、多分、売り子が覚えているんじゃないかな」

「どうして、売り子が覚えていると思うのですか？」

「このおひなさんだけどさ。ウチのヤツが、親戚から、わざわざ借りてきた、なけなしの金で買ったんだ。だから、俺は、デパートの売り子にいってやったんだ。こんなものが、三万円もするのか。もう少し、マケろといったら、どうしても、安くできないというんだ。それで押し問答になって、俺は、一〇分くらい、粘ったんだ。三万円が二万円になれば、一万円浮くじゃないか。それで宝くじでも買おうと思ったんだ。銀座のデパートで、値切る客なんて、まず、いないだろうから、きっと、売り子の女が、俺たちのことを覚えているはずだ」

と、渡部が、いった。

渡部を、銀座の、Mデパートに連れていくと、売り子が、彼のことを、覚えていた。

「私どものデパートで、おひな様を値切ったお客様は初めてだったので、よく覚えているのです」

売り子は、苦笑しながら、いった。

「時間も、覚えていますか？」

「確か、三月三日の、昼食を取ったあとのお客様でしたから、たぶん、午後一時から二時頃じゃなかったかと、思います」

と、売り子が、答えてくれた。

どうやら、これで、渡部要については、三月三日の午後の、アリバイが、証明されたと思った。

7

次は、外山晴彦である。

外山晴彦は、呆《あき》れたことに、詐欺容疑で、横浜《よこはま》警察署に逮捕されていた。

話を聞くと、外山晴彦は、横浜に住む友人と共謀して、ベンツやジャガー、ポルシェなどの、高級外車を、安く輸入することができるといって、何人かを騙し、総額、二千五百万円の詐欺を働いたというのである。

十津川と亀井は、横浜警察署に、外山晴彦に、会いに行った。

外山晴彦に、三月三日の、午後のアリバイを聞くと、ビックリしたような顔になって、

「三月三日といったら、アイツが、奥さんを殺した日だろう？　そんなことに、俺は、関係ないよ」

と、いった。

「第一、今、アイツの公判が、始まっているんじゃないのか？」

「そうですがね、中西遼が、友だちのあなたに金を渡して、奥さんを、殺させたのではないかという、疑いが、出ているんです。ですから、ぜひとも、あなたの、アリバイを聞きたくてね」

十津川が、じっと、相手を見すえた。

「よしてくれよ。俺が、そんなことを、するはずがないじゃないか」

「しかし、あなたは、中西遼から、お金を借りているんじゃありませんか？」

「アイツから、金を借りたって？」

外山が、笑った。

「何がおかしいんですか？」

ムッとした顔で、亀井が、聞く。

「だって、アイツは、あの頃、結婚詐欺まがいのことをやって、十億円もの大金を、手

に入れていたんだ。だから、俺は、ヤツに、金を借りに行った。それも、一億円貸せとか、五千万円貸せとか、いいに行ったんじゃないよ。たかだか、百万円を貸せと、頼みに行ったんだ。それなのに、アイツは、ケチって、一万円しか貸してくれなかったんだ。一万円で、殺しなんか引き受けるか」

「それで、三月三日に、あなたは、何をしていたんですか？」

重ねて、十津川が、聞くと、

「三月三日か」

と、いって、外山は、しばらく、考えていたが、

「ああ、そうだ。あの日、俺は、京都にいたんだよ」

「本当ですか？　何か、京都に行く理由があったのですか？」

「俺がまだ、金持ちだった頃、つき合っていた女がいてね。その女が、京都の有名なホテルの御曹司と、結婚したんだ。結婚式が三月三日でね。何を間違えたのか、俺にも、招待状が来たんだよ。それで、わざわざ、出かけていったんだ。金持ちの娘なんかも、大勢集まるだろうから、一人ぐらい、引っかけてやろうと思ったんだが、うまくいかなかったよ」

「何というホテルですか？」

「京都の駅前にできた、新しいホテルだ。確か、京都Sホテルという名前だったよ。そ

このオーナーの息子が、俺の知っている女と、結婚したんだ。確か、三月三日の午後一時からのパーティだったから、俺は、芳名帳に名前を、書いた記憶がある」

と、外山は、いった。

十津川はすぐ、京都のSホテルに、電話をした。

今年、オーナーの一人息子が、結婚式を挙げたかどうかを聞くと、三月三日に、結婚式があったという。十津川は、その時、パーティの受付に、置かれた芳名帳のことを、聞いてみた。

向こうが、その芳名帳を、調べると、確かに、来賓の中に、外山晴彦という名前が、あるという。どうやら、二人目の、外山晴彦も、アリバイが成立したようだった。

第四章　勝敗を分けるカギ

1

十津川の報告に、滝本検事は、首を横に振った。

「私はね、今回の事件で、中西遼に、アリバイがあるということは、彼が大金を出して、殺し屋を雇い、自分の奥さんを、殺させたとしか、考えられないんだよ。秀美さんが、三月三日に、間違いなく、殺されているんだからね。ちょうど、うまい時に強盗が入ってきて、中西遼の奥さんを、殺したなんてことは、私は、信用しないんだ。だから、中西遼に、雇われた殺し屋が、どこかに、いるはずだ」

「しかし、私たちは、中西遼の、周辺にいる人間で、いちばん、可能性のある人間を探しました。その結果、この外山晴彦と、渡部要の二人しか考えられないんですよ。しかし、この二人には、完璧なアリバイがありました」

「ほかに、これはという人間は、いないのかね？」

「さまざまな、状況を考えても、外山と渡部、この、二人しかいないのです」

「中西遼は、結婚して、妻を殺して、多額の遺産を手に入れた。十億円の資産を、手に入れたんだよ。それだけの金が、あれば、どんな殺し屋だって、雇えるんじゃないのかね？　以前、私が扱った事件では、二十万円で、殺しを請け負った男さえいる。今は、そんな時代だからね」

滝本のこの言葉に、十津川は、苦笑しながら、

「今、その件も調べています。例えば、いわゆるネット上にある、闇の職安と呼ばれるものもです。百万円で、どんな仕事でも、引き受けるという、金に困った連中が、ネット上に、氾濫していますからね。今、滝本検事が、いわれたように、中西遼は、金を使って、まったく、見ず知らずの男を、殺し屋として、雇ったことも、考えられないことではありません。しかし、今までのところ、これといった人間は、見つかっていないのです」

「何回でもいうがね。三月三日については、中西遼に、強固なアリバイがあり、その日に、彼の奥さん、秀美さんが、殺されているんだ。これが、偶然でない以上、中西が、殺し屋を使って奥さんを殺させたとしか考えられないんだよ。絶対に、金で雇われた、殺し屋がいるはずなんだ。何とかして、公判が、終わるまでに見つけてくれ」

滝本が、強い口調で、いった。

確かに、十津川も、今までに、百万円、あるいはそれ以下で、見ず知らずの人間の殺しを請け負った殺人事件を扱ったことがある。

しかし、殺しそのものは、成功しても、ほとんどの場合、仲間割れが、起きて、犯人は、逮捕されてしまっている。それだけ、金を使っての、殺しの依頼は、もろいものだということである。

中西遼が、こうしたことに、気がつかないはずはない。だからこそ、アリバイ作りは、金で依頼しても、殺しそのものは、自分自身の手でやったに、違いないと、十津川は、考えているのだ。

結局、十津川たちが、いわゆる闇の職業安定所を調べても、中西遼に、金で殺しを依頼されたという人間は、見つからなかった。

翌日、滝本検事は、激怒するだろうと思いながらも、十津川は、その結果を滝本検事に報告した。

十津川の報告を聞いて、案の定、滝本検事は、怒った。

「これで、この裁判は、私の負けと、決まったようなものだ」

滝本検事は、吐き捨てるように、いった。

「申し訳ありません」

十津川は、謝るより、仕方がない。

小林健介という画家が描いた、問題の絵のことに、気づかずに、中西遼の逮捕に、踏み切ってしまった。滝本検事に、その後の公判を任せてしまった。

このことは、明らかに、十津川のミスなのだ。

「君の考えを、聞きたい」

と、滝本検事が、いった。

「君は前に、中西遼という男は、肝心の殺しについては、他人任せにせず、絶対に、自分が手を下す。そういう人間なんだと、私にいったことがあったが、今でも、そう思っているのかね？」

「そう、思っています」

「そうなってくると、『リゾート21』で、小林健介という画家が、描いたあの絵は、どうなってくるのかね？」

「私は今でも、中西遼が、自分自身の手で、三月三日の午後に、妻の秀美を、殺したと思っています。ですから、その彼が、その同じ時刻に『リゾート21』のサロンカーに、乗っているはずはありません」

「つまり、あの絵の男は、中西遼ではなくて、中西遼のニセ者だと、君は、思っているわけだな？」

「論理的にいえば、そういうことになってきます」

「小林健介という画家が、描いたあの人物は、中西遼本人ではなくて、中西遼によく似た、別の男だということになる」

「そうです」

「私は、それを、どうやって、証明したらいいのかね？」

滝本検事が、十津川を睨む。

「何とか、証明できませんか？」

「君もいっているじゃないか。あれが写真だったら、何とかして、あの男が、中西遼の、ニセ者だということを、証明できるかもしれない。しかし、写真ではなく、絵なんだ。しかも、ただの、絵じゃない。絵を描いた人間が、知的障害者で、サバン症候群という記憶の天才といわれる、特異な画家なんだ。そして、三月三日の『リゾート21』の車内の光景は、すでに、過去のものになってしまっているんだよ。それを、再現することなんて、できないんだ」

「次の公判は、いつですか？」

「明日、第五回の公判がある」

「その時、画家の小林健介と、付き添いをしていた木村健次郎を呼んで、三月三日、『リゾート21』のサロンカーで、中西遼に会った時、彼が、どんな話をしていたのか、そして、どんな声を、していたか、それを、聞いてくれませんか？」

「どうしてかね？」

十津川は、一本の録音テープを持ち出して、滝本検事の前に、置いた。

「このテープは？」

「これは、中西遼の会話を、録音したものです。滝本検事も、中西遼を、尋問したことがおありですから、気づいて、いらっしゃると思うのですが、彼のしゃべり方には、独特なクセがあるんです」

「そうだ、思い出した」

「滝本検事も、思い出されたようですが、あの男は、普通に、しゃべる時は、ほとんどクセがないんですが、緊張してくると、どういうわけか、声がひっくり返るんです。それには、私も、彼を、尋問していてビックリしました。何しろ、何の前触れもなく、突然、女のような声に、なりますからね。三月三日、『リゾート21』のサロンカーの中にいたのが、本当に中西遼本人であれば、アリバイ作りをするために、かなり、緊張していたと思うのです。ですから、しゃべっているうちに、声が、ひっくり返ったんじゃないかと、思うんですよ。ところが、彼の絵を描いた小林健介や、木村健次郎に、何か、気づいたことはないかと、質問した時、何も気づきませんでしたといったら、ニセ者の可能性が強くなると思うのです」

「そうか、分かった。明日、二人を、証人席に呼んで、その質問を、してみよう。そして、何も、気づかなかったといった時には、このテープを、公判の席で再生して、こんなふうに、中西遼の声は、ひっくり返りますから、それに、気がつかなかったというのは、ちょっと、おかしい。そういってみよう。少しは役に立つかもしれん」

と、滝本が、いった。

2

翌日の公判にも、十津川は出席した。

傍聴席から、弁護人の席に目をやると、すでに、この公判は、自分たちの勝ちと、確信しているように、二人の弁護人も笑顔で、被告の中西遼と、話をしている。

それに対して、検事側の滝本検事の顔は、緊張で、こわばっているように見える。

滝本は、十津川が渡したテープを手に持ち、天才画家の小林健介と、保護者の木村健次郎を、証人として、呼んだ。

滝本は、二人を一緒に、証人席につかせた。いきなり本題に入ると、期待する答えを引き出せないと、思ったのか、じっくりと、

「ここにあるのは、小林健介さんが、描いた、三月三日の『リゾート21』のサロンカー

の車内の光景です。特に、この大きな男の絵は、当日、サロンカーに、乗っていた一人の乗客で、あなたが、あとになってから描いたものです。その点は、間違いありませんね？」

と、聞く。

「ああ、これは、僕が描いた絵だ。下田に行った時の車内を描いた絵だ」

小林が、くり返す。

それを補佐するように、木村健次郎が、

「この絵については、もう何回も、私と小林君が、証言したように、三月三日の『リゾート21』のサロンカーの車内の様子を、彼が、その抜群の、記憶力を駆使して、旅行から帰ってきてから、東京で、描いたものです。間違いありません。それは、すでに、はっきりとしているのではありませんか？　今さら、それを確認するように、質問する検事の意図が、私には、分かりませんが」

少しばかり、皮肉混じりの口調で、いった。

「『リゾート21』には、熱海から乗られて、終点の伊豆急下田まで、乗っていかれたんですね？」

これも、何度もくり返した質問を、滝本は、もう一度、ぶつけた。

これには、付き添いの、木村健次郎が、答える。

「これも、すでに、お答えしているのですが、熱海一三時〇三分発の『リゾート21』に乗りました。終点の、伊豆急下田に到着したのは、一四時三七分です」

「その間、約一時間半ありますね？　その間ずっと、お二人は、『リゾート21』のサロンカーにおられたのですか？　熱海から乗って、すぐに、サロンカーに行かれたのですか？」

「乗ってから十二、三分してからだと、思いますね。サロンカーに行くと、海がよく見えますからね。ぜひ『リゾート21』の車窓から、伊豆の海を、小林君に、見せてやりたかったのですよ」

「お二人が、サロンカーに行かれた時ですが、この絵の男は、すでに、サロンカーにいましたか？」

「ええ、すでに、いたと思いますよ」

「それから、お二人は、伊豆急下田に着くまで、サロンカーの車内に、ずっと、いらしたんですね？」

「ええ、そうです。何しろ、居心地がよかったですからね」

「この絵の男は、どうですか？　彼も、伊豆急下田に、着くまでずっと、サロンカーに、いましたか？」

「さあ、その点は、どうだったですかね。終点が、近くなった時、サロンカーを出ていったような気が、するんだけど、ただ、その時刻が何時だったかといわれると、正確な記憶がないんですよ」

と、木村が、答えた。

「そうなると、少なくとも一時間は、同じサロンカーの中に、お二人と、この絵の人物が、いたことになりますが、それでいいですか？」

「いいも悪いも、私と小林君は、ずっと、サロンカーの車内にいたし、この絵の人も、ずっと、サロンカーにいた記憶がありますよ」

「その間、サロンカーの車内で、この絵の人物は、どんなことをしゃべっていましたか？」

滝本検事が、やっと、聞きたいことを、質問した。

「ほとんど、覚えていませんね」

と、木村が、いう。

「どうして、覚えていないのですか？　サロンカーの車内は、和気あいあいと、していたんじゃないですか？　晴天で、暖かくて、伊豆の海はきれいだった。そんな雰囲気で、サロンカーの中で、乗客同士が、ケンカをしていたとは思えない。おそらく、和気あいあいとしていたと思うんですよ。それならば、この絵の人物とも、いろいろと、話をしたんじゃありませんか？」

と、滝本が、聞いた。

それに対して、小林が、

「僕は、しゃべってないよ」

と、いい、木村は、

「小林君は、しゃべるのが、得意じゃないんですよ。特に、初めて会う人に話しかけることは、ほとんど、ありません。だから、この絵の人物に対しても、話しかけて、いないと思いますよ」

「木村さんは、どうですか？　その絵の男と、何か話しましたか？」

「いや、私も、小林君のことが、気にかかるから、彼の方ばかりを注意していましたので、ほかの乗客とは、話をしていません」

「でも、この絵の人物が、何かをいったり、叫んだりしているのは、聞いているわけでしょう？　違いますか？」

「改まって、そう聞かれると、困りますね。私には、この絵の男の人が、何か、しゃべったというような、記憶がないんですよ。だから、彼も、性格的に、寡黙なほうじゃないんですかね？　彼が、楽しそうな感じで、一人でビールを、飲んでいたことは、よく、覚えているんですが」

と、木村健次郎が、いった。

3

結果的に、滝本検事の尋問は、空振りに終わってしまった。

そこで、滝本は、あらかじめ呼んでいた、前に証言してもらった黒川誠と水沼結衣のカップルを、もう一度、証人として、呼びだした。

二人とも、新宿のカメラ店に、勤める従業員で、三月三日の、同じ「リゾート21」のサロンカーに、乗っていた乗客である。

滝本検事は、まず、女性の水沼結衣を、証人席に呼んだ。

「また、水沼結衣さんに、証言を、お願いすることになってしまいました。三月三日の『リゾート21』のサロンカーに、乗っていたことは、間違いありませんね？」

滝本検事は、やはり、前と同じ質問から始めた。

「はい、間違いありません。黒川さんと一緒に乗っていました」

「その時、この絵の人物も、一緒に、同じサロンカーに乗っていたのは、覚えていますね？　彼と、話をしましたか？」

滝本検事が、水沼結衣に、聞くと、水沼結衣は、宙に、視線を走らせて、

「その人が、サロンカーに乗っていたのは、覚えているんですが、その人と話をしたよ

うな記憶が、ないんですよ。あの日は、黒川さんと一緒に、サロンカーに乗っていたので、彼との、おしゃべりに、夢中になってしまっていたし、お互いに、写真を撮り合ったりしていましたから、ほかの乗客と、話をしたことは、なかったと、思います」

と、いう。

滝本は、次に、黒川誠を、証人席に呼んだ。

しかし、結果的には、黒川誠の証言も、検事側のプラスに、なるものではなかった。

滝本が、わざと、三月三日のことを、思い出させるように、ゆっくりと、質問を並べていき、最後に、

「この絵の人物と、言葉を交わしたことはありませんか？」

「全然覚えていませんね」

と、黒川が、答えた。

「あの日は、水沼結衣さんと、一緒だったもので、二人で、おしゃべりを楽しんだり、写真を撮り合ったりしていたので、ほかの乗客とは話をしていないんですよ」

と、いった。

それで、終わりだった。

4

滝本検事は、有利な証言を、得ることができなかったどころか、裁判長から、たしなめられてしまった。

「検事は、四人の証人に対して、同じ質問を再三、くり返していますが、あなたは、この質問によって、何を、証明しようとしているのですか？」

と、裁判長に、いわれてしまったのである。

滝本検事は、まさか、被告の中西遼が、緊張すると、突然、声がひっくり返るから、それを、証明したかったのだとは、いえないので、仕方なく、

「当日の『リゾート21』のサロンカーの中の様子が、どんなものだったのか、それを、知りたかったのです」

と、いった。

苦し紛れの答えだから、傍聴席からは、失笑が、漏れてしまった。

裁判長も、笑って、

「当日のサロンカーの雰囲気が、どうであれ、それは、今回の、裁判とは、まったく、関係がないのでは、ありませんか？　それに、サロンカーの中の、乗客は、全員が、昔

からの知り合いというわけでは、ないんですよ。その日、初めて、顔を合わせた人たちばかりだったんですよ。検事は、しきりに、絵の人物、つまり、被告人と、話をしたのではないか、どんな話をしたのかと、そういうことばかりを、くり返して質問していますが、今もいったように、前からの、知り合いではなくて、その日初めて、サロンカーの中で、顔を合わせたわけですから、会話を、しなかったとしても、何の、不思議もないんじゃありませんか？　それとも、検事は、初めて会った、乗客同士が、何か会話を交わさないと、おかしいとでも、思っておられるのですか？」

と、逆に、裁判長から、質問されてしまった。

「もちろん、別に、おかしくはありません」

滝本検事は、内心、舌打ちをしながら、そう答えた。

5

公判のあとで、滝本検事は、十津川に会うと、これ以上は、ないというような、しかめっ面をしながら、

「案の定、失敗だった。これで、ますます、裁判長の心証を、悪くしてしまったよ」

「申し訳ありませんでした」

「それだけかね？」

「いや、私が見るところ、こちらの、プラスになっていると、思っています」

「私を、バカにしているのかね？」

滝本検事が、本気で、怒りを露《あら》わにした。

「君も、傍聴席で聞いていたはずだから、よく分かっただろう？　私はね、傍聴人から、失笑されたんだよ。グダグダと、同じ質問ばかりしていたから、失笑されたんだ。その上、裁判長からは叱られて、心証を、悪くしてしまったんだよ。それなのに、君は、どうして、よかったみたいにいうんだ？」

「それでも私は、今日の、滝本検事の証人尋問は、成功だったと、思っています」

「成功？　どこが、成功なんだ？」

滝本検事が、大声を出した。

「中西遼は、自分が、緊張したりしゃべりすぎると、自分の声が、ひっくり返ってしまうことを知っているんですよ」

「誰だって、自分のしゃべるクセぐらいは、知っているだろう」

「だから、三月三日の『リゾート21』のサロンカーの車内にいた男、小林健介が、絵に描いた男は、それを意識して、ほとんど、しゃべらなかったんですよ」

「だから、どうだというのかね？」

「もし、三月三日、サロンカーにいた男が、中西遼本人だったとすれば、彼は、自分のしゃべるクセを、知っているわけですから、それを意識して、大いにしゃべりまくったと思いますね。そうすれば、いやでも、中西遼本人ということを、ほかの乗客に、印象づけることができますからね。しかし、それが、できなかった。ほとんど、何もしゃべらなかったということは、サロンカーの車内にいた男は、中西遼本人では、なかった。つまり、真っ赤な、ニセ者だったということですよ」

十津川は、自分に、いい聞かせるように、いった。

滝本検事は、黙って聞いていたが、

「なるほどね」

と、肯《うなず》いたが、すぐ、

「しかし、それを、どうやって、証明したらいいのかね？　三月三日の『リゾート21』の車内では、あなたは、ほとんど、しゃべりませんでしたね？　だから、あなたは、中西遼ではなくて、よく似たニセ者だったんだ。そういえばいいのかね？　それで、ニセ者と証明できるのか？　今日の、証人たちの、証言を聞いていても、分かったろう？　三月三日、乗客たちは初めて、サロンカーの中で、顔を合わせたんだ。しかも、サロンカーの中にいた時間は、五時間とか、六時間という長い時間ではない。せいぜい、一時間半だよ。だから、お互いに、ほとんどしゃべらなかったとしても、おかしくはないんだ。むしろ、しゃべらないほうが、自然なんだよ。それなのに、三月三日のサロンカーの男は、ほとんどしゃべらなかったから、ニセ者ですと、いうのかね？　そんなことをいったら、また、同じように失笑され、裁判長の心証を、悪くしてしまうだけだ」

「それは、よく分かります。私も、法廷で、三月三日の『リゾート21』に乗っていた男が、中西遼ではなくて、ニセ者だと証明するのは、難しいと思います。しかし、私は、今日、納得し、確信を持ちました」

「何に、確信を持ったのかね？」

滝本検事が、また、不機嫌になった。

「中西遼という男は、殺しといった決定的な仕事は、必ず、自分の手でやる。人には、任せない男だと、今もそう思っています。今日の公判で、私は、さらに、強い確信を持ちました。三月三日、自宅で、妻の秀美を殺したのは、間違いなく、中西遼本人です。ですから、同じ時刻の『リゾート21』のサロンカーに、乗っていたのは、本人では、ありません。ニセ者です。その確信を持ったのです」

6

最後に、滝本は、不機嫌な顔で、十津川に、いった。

「あと二回で、裁判は終わる。そして、二カ月後に判決が出る。その二回の公判で、あの絵に描かれた男が、中西遼ではなくて、ニセ者であることを、証明できると、君は、思っているのかね？」

「思っています」

「いいか、今もいったように、公判は、あと二回、二回目は最終弁論だ。それまでに、何とかして、あの絵の男は、中西遼ではなくて、ニセ者だということを君に証明してもらいたいんだよ。それが唯一、今回の裁判で、勝てる道だと、私は思っている」

「最終弁論は、いつになる予定ですか？」

「このまま行くと、十日後だ。その、十日間に、サロンカーに乗っていたのは、中西遼に、よく似てはいたが、実はニセ者だったということを、証明してもらわなければ困る」

「分かりました」

「間に合うかね？」

「全力を、尽くします。今は、それだけしかいえません」

7

翌日、十津川は、出勤すると同時に、三上刑事部長に、呼ばれた。

三上は、十津川に向かって、

「中西遼の裁判について、君は、公判のたびに、一人で、傍聴に行っているそうだね」

「ええ、無理をいって、行かせていただいています」

「君が毎回、傍聴しに行っている理由は、何なんだ？」

三上が、聞く。

三上は、理由を知っていて、あえて、十津川に、聞いているのだ。

「私の捜査ミスで、滝本検事に、必要以上のご苦労をおかけしてしまっているので、毎回傍聴に行っています」

と、十津川は、答えた。

「それで、昨日の裁判は、どうだったのかね？」

「いろいろと、問題がありましたが、やっと一つだけ、裁判で、検事側のプラスになることを見つけました」

十津川が、いうと、三上刑事部長は、首を傾《かし》げて、

「おかしいね。君は、ワンポイントを、稼いだというようにいっているが、私が得た情報では、まるっきり逆だよ。滝本検事は、同じ質問ばかりして、傍聴席の、失笑を買ったということだし、その上、裁判長からたしなめられたと、いうじゃないか？　それな

のに、君は、ワンポイント、稼いだようなことをいっているが、いったい、どんな点数を稼いだというのかね？」

「公判で、最大の焦点になっているのは、小林健介という、特異な天才画家の描いた絵、三月三日の『リゾート21』、その車中の光景を、描いた絵です」

十津川は、問題の絵の複製を、借りてきていたので、それを、三上刑事部長の前に広げて見せた。

「これが、天才画家、小林健介が、三月三日、『リゾート21』のサロンカーの中の乗客の一人を、描いた絵です。中西遼そっくりで、これが今、彼の、アリバイになっています。この件で、滝本検事が、苦労されているのは事実です。そして、裁判長が、滝本検事を、たしなめたのも事実です。しかし、私は傍聴席で聞いていて、問題のこの絵ですが、ここに描かれている男が、中西遼本人ではなくて、ニセ者であることが、証明されたと感じました。ですから、それが、有罪判決への第一歩になっていると、確信したのです」

「私には、君のいっていることが、よく分からん。私に分かるように、説明してくれないかね？」

と、三上が、いった。

「中西遼という男には、しゃべっていて、緊張すると、声が、ひっくり返るというクセが、あるんですよ」

「ああ、そのことなら、私も、知っている。最初にそれに気づいた時には、ビックリしたものだよ。中西遼の声は、どちらかといえば、低くて太い声だ。それが突然、甲高い女性のような声に、なってしまうんだからね。そのことが、どうだというのかね？」

「当然、中西遼自身も、そのことを、知っています」

「当たり前だろう。とにかく、三十一年も、生きてきたんだからね。自分の声の調子や、しゃべり方のクセのようなものは、知っているだろう。むしろ、気づいていないほうが、おかしいんじゃないかね？」

「その通りです。問題の日、三月三日、一三時〇三分熱海発の『リゾート21』に、この絵を描いた天才画家、小林健介と、その小林を助けて、私たちの先輩である、木村健次郎が乗り込みました。問題の絵のモデルになった男も、同じ列車に、乗ったのです。海のよく見えるサロンカーで、彼らは、一緒になりました」

「それが、おかしいとでもいうのかね？」

「いや、反対です。サロンカーは、車窓から海がよく見えるように、なっていますから、むしろ、サロンカーに行ったほうが、自然なんです。そこで、この絵のモデルも、天才画家の小林健介も、それを助けている、木村健次郎も、あるいは、ほかの若いカップルも、サロンカーで、一緒になりました。その何日かあとで、奇跡的な記憶力の持ち主である小林健介は、このサロンカーの車内の様子を絵に描きました。もちろん、そこにいた、この絵のモデルも、ご覧のように、まるで写真であるかのごとく、精密に描かれています。そして、これが、中西遼のアリバイになっているんです」

「それでいいんじゃないのかね？　何か不都合があるのかね？」

「中西遼という男は、緊張したり、しゃべりすぎたりすると、突然、声が、ひっくり返ってしまうんです。誰でも、それを聞くと、ビックリします。そして、中西遼本人も、そのことは、分かっていたはずなのです。ということは、三月三日午後のアリバイを、作ろうとすれば、サロンカーの中で、ほかの乗客に、話しかけて、途中で自分の声を、ひっくり返してしまえば、いいんですよ。何しろ、私も部長も、驚いたくらいの変化なんですから、当然、あの日の、サロンカーの乗客たちには、鮮明な記憶になって、残りますから。そうなれば、さらに立派なアリバイになります。ところが、三月三日の、サロンカーの中で、中西遼は、ほとんど、しゃべっていなかったというんですよ。しゃべりにしゃべって、声がひっくり返れば、立派なアリバイになるのに、サロンカーの中では、ほとんど、黙っていたというんですよ」

「それが、どうして、おかしいのかね？　問題の三月三日、中西遼は、一人で、『リゾート21』に乗ったんだろう？　ほかの乗客たちとは、誰一人として、知り合いじゃなかったんだ。しゃべりまくるはずはないじゃないか？　自然に、口数が少なくなる、それでいいんだろう？　いったい、どこがおかしいのかね？」

　三上が、不思議そうに、聞いた。

「中西遼が、三月三日の午後のアリバイを、作ろうとしたのなら、サロンカーの中で、しゃべりまくればいいんですよ。その挙句、声がひっくり返ってしまえば、それが、強烈なアリバイになりますからね。それなのに、このサロンカーの中西遼は、終始、黙っていたと、いいます。つまり、あの日、サロンカーにいた中西遼は、本人では、ないんですよ。ニセ者です。私は、そう確信しました」

「『リゾート21』に乗っていた男が、中西遼本人ではなくて、ニセ者だというのは、あくまでも、君の考えたことだろう？」

「そうです」

「では、どうやって、その男が、ニセ者だと証明するのかね？」

「大変難しいと思います。何しろ、三月三日の『リゾート21』のサロンカーの車内を、今、再現することは、ほとんど、不可能ですから」

　と、十津川が、いった。

「君のいうことはまだ、よく分からんね。君は今、あの日、『リゾート21』のサロンカーに乗っていたのは、中西遼本人ではなくて、ニセ者だといった。しかし、その証明は難しいという。いいかね、裁判というのは、証拠で、勝ち負けが、決まるんだよ。あの日の中西遼は、ニセ者でしたといったって、それが証明できなければ、ただ単に、自分の推測を、話しているだけで、裁判に勝てる証拠には、ならないんだ」

「その通りです。私もよく分かっています」

「それなのに、どうして、今度の裁判で勝つための第一歩に、なりましたと、いえるのかね？」

「確かに、部長のいわれる通りです」

と、十津川は、辛抱強く、いった。

「しかし、サロンカーの、中西遼が、ニセ者だとすれば、少しずつ、その軋《きし》みが、見えてくると思っているんです」

「その軋みとは、何かね？」

「第一は、三月三日、東京で中西遼の妻、秀美が殺されました。この犯人は、間違いなく、中西遼本人だと、私は考えました。今もいったように、静岡で『リゾート21』のサロンカーに乗っていた中西遼は、ニセ者ですから、本人は、彼の信念通りに、自分の手で、殺人を実行したんですよ」

「しかし、中西遼本人は、妻を殺していないと、犯行を否定しているんだろう？　だからこそ、今、裁判になっている。君自身もいっているように、彼が自分自身の手で、妻の秀美を殺したと、証明するのは、今になっては、難しいのではないのかね？」

「確かに、難しいですが、何回も申し上げます。サロンカーの中西遼は、ニセ者です」

「それで？」

「何人かの人間が、サロンカーの、中西遼がニセ者だということを、知っているはずなんです。いちばん知っているのは、中西遼本人でしょう」

「だから、どうだというのかね？　中西遼本人が、否定してしまったら、検事側にとって、プラスには、ならないんじゃないのかね？　君自身も、証明するのが難しいといっているんだから」

「確かに、難しいです」

「はっきりしておきたいね。いいか、三月三日に『リゾート21』のサロンカーに乗っていたのは、中西遼本人では、なくて、ニセ者だった。このことが、証明できれば、確かに、検事側に、有利な材料になる」

「その通りです。中西遼のアリバイが、消えてしまって、彼が東京で、妻の秀美を殺した可能性が、強くなってくるわけですからね」

「確かに、君がいうように、サロンカーの中西遼が、ニセ者だと証明できれば、間違いなく、検事側に有利だ。しかし逆に、証明できなければ、今のままで、弁護側が、有利になってしまう。それは、君にもよく分かっているはずだよ」

　と、三上刑事部長が、いった。

「その通りです。私にも、よく分かっています」

8

「じゃあ、どうやって、三月三日に『リゾート21』のサロンカーの車内にいたのは、中西遼ではなくて、ニセ者だったと証明するのかね？」

三上刑事部長が、十津川を睨むように見て、いった。

十津川が黙っていると、三上刑事部長は、さらに続けて、

「ここにある天才画家、小林健介が描いた中西遼の絵だが、いくら、それを、見ていても、その絵のモデルが、ニセ者だという証拠は、見つからんだろう。それとも、じっと見ていると、ニセ者だということが、分かってくるのかね？」

三上に、ズバリといわれて、十津川は、苦笑した。

「もちろん、この絵を、見ていても、どうにもなりません」

「そうだろう。どうにもならないんだよ」

「この絵を描いた、天才画家の小林健介が、以前から、中西遼のことを知っていて、サロンカーで会ったのが、中西本人ではなくて、ニセ者だと知っていて、描いたとすれば、簡単に、サロンカーの男が、ニセ者だったと、証明されてしまいます。しかし、小林健

介が、前から、中西遼のことを知っていたという証拠は、今のところ、まったく、ありません。それに、三月三日の、サロンカーの車内で、中西遼に、初めて会ったとしか、思えないのです」

「それでは、画家の小林健介以外に、誰が、この絵の中西遼は、ニセ者ですと、証言してくれると、君は思っているのかね？」

「それも、今のところは、分かりません。しかし、何回も、いいますが、私は、サロンカーの中の男、この絵に描かれた男が、中西遼本人ではなくて、ニセ者だという確信を、持つことができました。それならば、調べていけば、どこかに、綻びが出てくる。犯人側の細工に、綻びが出てくることは、間違いないと、思っているのです」

9

「もう一つ、君に、確認しておきたいことがあるんだがね」

と、三上が、いった。

「どんなことでしょうか？」

「あと九日で、裁判は最終弁論になると聞いているんだが、間違いないかね？」

「その通りです。あと九日、その間に二回の審理が、ありますから、今、部長がいわれたように、二回目が最終弁論になって、二カ月後に判決が下されます」

「あと、九日間だよ」

と、三上が、いった。

「分かっています」

「その九日の間に、君は、三月三日の『リゾート21』のサロンカーの車内にいたのは、中西遼本人ではなくて、ニセ者だったということを、証明しなくてはならないんだよ。できるのかね？」

「やるつもりです」

「冷たいいい方かもしれないが、やるつもりですとか、絶対に、やりますとかいったような言葉は、信用しないことにしている。とにかく、君が、この絵の中西遼がニセ者であることを、何らかの、証拠をもって証明できなければ、今回の裁判は、完全に、検事側の負けだ。当然、われわれ警察も、誤認逮捕の批判を、受けることになる。それは、覚悟しているんだろうね？」

「もちろん、覚悟しています」

「そうか、君に、その覚悟があるのなら、それでいい」

三上刑事部長が、やっと、笑顔になった。

10

十津川が、捜査一課の、部屋に戻ってくると、待っていた亀井が、

「どうやら、三上部長と、やり合ったらしいですね」

「よく知っているね」

「そういうウワサほど、みんなが、面白がるから、いち早く、庁内を、駆け巡るものなんですよ」

と、亀井が、いった。

十津川は、苦笑して、

「別に、三上刑事部長と、やり合ったわけじゃないよ。今のままでいけば、今回の裁判は、検事側が、負けてしまう。部長がそういうので、その点は、間違いありません。そういっておいたんだ」

「やはり、負けますか？」

「ああ、負けるね」

「昨日の法廷では、滝本検事が、裁判長からたしなめられたとか、傍聴席から、失笑が起こったというウワサも、入ってきています。それは、本当の話なんですか？」

「本当だよ。しかし、あれは、滝本検事ではなくて、私が、悪いんだ」

「どうして、警部が、悪いのですか？」

「私はずっと、今回の事件については、直接、手を下して、妻の秀美を殺したのは、中西遼本人で、彼以外には、あり得ないと考えていた。だから、何とかして『リゾート21』のサロンカーにいたのは、中西遼本人ではなくて、ニセ者だということを、証明したかったんだ。そういう私の気持ちを汲《く》んで、滝本検事は、再三にわたって、天才画家の、小林健介と、その後ろ盾になっている、木村健次郎、さらに黒川・水沼カップルを証人席に呼んで、前に聞いたのと同じようなことを、質問してくれた。おかげで、私はサロンカーにいたのが、中西遼本人ではなくて、ニセ者だという確信を、持ったのだが、滝本検事が、同じ質問ばかりを、何度もくり返すものだから、裁判長が、その質問には、いったい、どんな意味があるのかといって、滝本検事を、たしなめたんだよ」

「なるほど。警部が、ニセ者だという確信を持ったのは、中西遼の、例の声のことからですか？」

亀井が、聞く。

十津川は、ちょっとビックリして、

「カメさんも、私と同じことを、考えたみたいだな」

と、いった。

「私が、中西遼を尋問していて、いちばん、気になったのは、彼の声なんですよ。時々、突然、ひっくり返りますからね。病気なのか、クセなのか、そんなことも、考えてみましたが、声が、ひっくり返ることは、殺人には関係がないと思って、黙っていたんです。しかし、天才画家の、小林健介の絵が、アリバイ証明になりました。そうなると、中西遼の声が、ひっくり返るのも、アリバイ証明に、なるのではないかと、そう思って、考え込んで、しまったんです」

「二人で、同じことを、考えたんだ」

十津川が、笑った。

亀井が、さらに、自分の考えを口にした。

「中西遼が事件の日、三月三日の『リゾート21』のサロンカーに、乗っていたとすれば、それは、れっきとしたアリバイになります。そして、どうしても、アリバイを作りたいのならば、私が彼なら、車内のほかの、乗客にしゃべりまくって、イヤでも、声を、ひっくり返してしまいますよ。話していて、突然、声がひっくり返るなんて人は、めったに、いませんから、強烈な、アリバイになりますよ。しかし、サロンカーに乗っていた中西遼は、そうしたアリバイ作りをやらないで、ほとんど、しゃべらなかったわけでしょう？　とすれば、私だって、これはニセ者に違いない。そう、思ってしまいますよ」

「同感だね。私も同じ理由で、サロンカーの男は、ニセ者だと、断定した」

「しかし、難しいのは、これからでしょう？　警部が、いくら、サロンカーの男はニセ者だといったって、それが、証明できなければ、裁判では、依然として、検事側が不利なんじゃありませんか？」

「その通りだよ。カメさんのいう通り、確信を持つのは楽だが、それを証明するのは、とても難しいんだ。どうすれば証明できるのか、それが分からなくて困っている」

十津川は、正直に、いった。

「それには、小林健介という、天才画家が描いた絵は、役に立ちませんね。少なくとも、絵のなかの中西遼が、ニセ者だという、証明には、ならんでしょう？」

「ああ、まったくならないね。これは、何回もいうんだけど、あれが、写真ならば、何とかして、細工の跡を、見つけることができるかもしれないのだが、何しろ、絵だからね。どこかに間違いがあったとしても、画家の個人的な間違いだと、いわれてしまえば、真偽の判定の役には、まったく立たないよ」

「確かに、そうですね」

「ただ、サロンカーの男が、ニセ者だとすると、ニセ者を雇ったのは、中西遼だと、思っている。そして、彼自身は、妻の秀美を殺した。その時刻に、自分によく似た男を、雇って、熱海から出る『リゾート21』に乗せた。サロンカーに行き、ほかの乗客にも、その姿を、見せる。そうすることによって、中西遼は、自分の、アリバイを作った」

「中西遼の周囲を、徹底的に調べていけば、ニセ者が、見つかるかもしれませんね」

と、亀井が、いった。

「私も、それを、期待しているんだが、何しろ、九日後には、最終弁論になってしまう。それまでに、見つけ出さなければならないんだ」

「中西遼は、身長百八十三センチ、体重七十五キロ、面長、今流にいえば、いわゆる、イケメンです。こういうサイズ、顔立ちの男というのは、そう、たくさんいるわけではありません。辛抱強く、中西遼の周辺を、洗っていけば、ニセ者に、たどり着けるのでは、ありませんか？」

「私も、それに、期待しているんだが、嫌な予感もしている」

「嫌な予感というと、中西遼が、自分の身代わりに立てたニセ者を、用が、済んだからといって、殺してしまう。そういうことですか？」

「ああ、そうだ。その可能性が、大いにあるのではないかと、私は、心配している」

と、十津川は、いった。

中西遼は、自分のニセ者を作って、同じ三月三日の午後、「リゾート21」に乗せておいて、自分は、その時刻に妻の秀美を、殺してしまった。いわば、逆のアリバイ作りだが、そのことを最初、刑事たちは、気づかなかった。

小林健介という天才画家のことも、気づいていなかったし、彼が描いた「リゾート

21」のサロンカーの絵にも、気がつかなかった。それが、後手を踏んだ。

中西遼を逮捕し、簡単に事件が解決すると思ったのである。

しかし、その途中から、知的障害者でありながら、天才的な記憶力を持つ小林健介という画家が出てきて、彼の描いた絵の存在が、明らかになり、それが、アリバイ証言になってしまった。ここでも、後手を、踏んでいるのである。

だとすれば、中西遼が、ニセ者を始末する時間的な余裕は、あったのかもしれない。

そのことが、十津川を、不安に陥れていくのだった。

第五章　コネクション

1

十津川は、緊急の捜査会議を、開いてもらい、そこで、三上刑事部長に、捜査方針の変更を、要請した。

「私は、滝本検事に、中西遼が、妻を殺した犯人であることの、確証を、一週間以内に、つかんでみせますと約束しました。しかし、今のままの捜査を、続けていては、約束を、守ることはできそうに、ありません。公判は、弁護側の勝利に終わり、中西遼の無実が、確定してしまいます。それでは困ります。中西遼は、間違いなく、犯人です。そこで、今日から、捜査方針を変えたいと思うのですが、刑事部長は、許可してくださいますか？　私は、今でも、中西遼本人が、三月三日に、自宅で、妻の秀美を、殺害したと確信しています。とすれば、同じ三月三日、伊豆急『リゾート21』のサロンカーに乗っていたのは、中西遼本人では、ありません。ニセ者です」

「しかし、『リゾート21』に乗っていた中西遼が、ニセ者だということを証明するのは、難しいわけだろう？」

「そうです。非常に、難しいです。何回もくり返して申し上げたように、あれが、写真であれば、ほんのわずかな違いでも、それによって、男がニセ者であることを、指摘できるのですが、絵ですから、それができません。あの絵は、サバンと呼ばれる、記憶力に優れた、天才の画家が、描いたものです。非常に、細密に描いてありますが、あくまでも、絵ですから、たとえ、小さな違いが見つかっても、それは、絵を描いた画家の、思い違いだといわれれば、逃げられてしまいます」

「一時、君は、『リゾート21』に乗っていた男が、中西遼本人だとして、捜査を進めたことが、あったんじゃないのかね？」

「ええ、ありました。最初は、そう考えて、捜査をしました。絵に描かれた男が、中西遼本人であれば、自宅で妻の秀美を殺した犯人は、中西遼ではなく、別人ということに、なってきます。中西遼が、金で雇った、いわゆる殺し屋が、妻の秀美を、殺したのではないか？　そう思って、捜査してきました。その結果、容疑者が二人、浮かび上がりました。外山晴彦と、渡部要です。この二人ならば、中西遼から、金をもらえば、喜んで殺人を引き受けるだろう。そう考えて、この二人のアリバイを、徹底的に調べてみたのですが、どちらにも、強固なアリバイがあり、結局、この二人は、容疑者から除外せざるを得なくなりました」

「そこで、君は、新しく、捜査方針を変えたい。そういうわけだね？」

「ええ、そうです。このままでは、捜査は、壁にぶつかって、犯人を、逮捕することができなくなって、しまいますから」

「それで、どう捜査方針を変えるつもりなのかね？」

「現在、小林健介という、天才画家が描いた伊豆急『リゾート21』の中西遼の絵が、アリバイを証明していると、思われるのには、二つの理由があります。一つは、天才画家が描いた細密画で、非常に、よく似ているということです。もう一つは、偶然です」

「偶然というのは？」

「あの絵が、偶然に、描かれたものではなくて、最初から、意識的に描かれたものであると分かれば、アリバイの価値は、半減します。あの絵を描いた小林健介が、中西遼と、昔からの知り合いだったとすれば、アリバイとしての価値は、半減します」

「しかし、小林健介と中西遼は、あの絵を描く前には、一度も、会ったことがなかったんだろう？」

「そうです。一度も、会っていません」

「それなら捜査方針を、変えても意味がないいんじゃないかと思うがね」

「確かに、中西遼と、絵を描いた小林健介とは、一度も、面識がありません。小林健介は、知的障害者であり、たまたま、保護者の木村健次郎に、連れられて、三月三日、伊豆急の『リゾート21』に乗って、下田まで行き、一泊してから、施設に帰ってきて、その時の記憶にしたがって、何枚かの絵を描いた。そこで、そういうことに、なっています。あくまでも、偶然ということになって、一層、あの絵の価値は、高いわけです」

「なるほど」

「私は今でも、中西遼が、妻の秀美を殺害したと確信しています。中西遼に、アリバイなどあるはずがないのです。くり返しますが、殺人は、中西遼本人が実行したという確信を、私は、依然として持っています。ですから、あの絵に描かれた中西遼は、ニセ者です」

「しかし、それを、証明できないんじゃないか?」

「そうなんです。今のままでは、絵に描かれた中西遼が、ニセ者だと証明するのは難しい。いや、まず、不可能でしょう。そうなると、あとは、画家の小林健介が、『リゾート21』のサロンカーで、中西遼によく似た男を見た。そして、あとで、描いたということは、中西遼の作為であると、証明しなければ、なりません」

「しかし、君自身もいっているじゃないか? あの絵を描いた小林健介と、描かれた中西遼本人は、それまで、一面識もなかったと」

「そうです。小林健介は、天才的な画家で、優れた記憶力も、持っていますが、知的障害者です。一人で出歩くことも難しい。ですから、小林健介の保護者の木村健次郎が、中西遼のことを知っていて、三月三日に、伊豆急『リゾート21』に乗せ、サロンカーに、小林健介を連れていったとすれば、あの絵が、描かれたのは、偶然ではないことになってきます」

十津川が、いうと、三上刑事部長が、慌てて、

「ちょっと、待ちたまえ」

と、口を挟んだ。

「何でしょうか？」

十津川は、しらばっくれて、三上に、聞き返した。

「木村健次郎さんは、警視庁出身の、われわれの先輩に当たる人なんだぞ。その上、知的障害者の会の理事長をやっていて、その人たちに職を与え、住むところまで、面倒をみているんだ。そういう立派な、人格者が、今回の殺人事件に、関係しているというのかね？」

「関係者はもう一人います」

「もう一人？」

「私と亀井刑事を、問題の絵の個展に誘ったのは、木村健次郎さんと、同じく警視庁の

先輩である、古賀昌幸さんです。古賀先輩から、誘われていなければ、私と亀井刑事は、問題の個展を、見に行くことはなかったでしょうし、今回の、殺人事件について、こんなアリバイがあることも、知らなかったと思います」

「君は、古賀さんまで、容疑者の、中西遼を助けた、共犯者だとでもいうつもりなのか?」

「ですから、捜査方針の変更を、お願いしているんです。木村健次郎さんは、自分が作った知的障害者のための施設にいる、天才画家で、また、特異な記憶力を持つ小林健介さんを連れて、三月三日、伊豆半島の旅行に出かけ、『リゾート21』のサロンカーでのことを絵に描かせました。しかし、それだけでは、私も亀井刑事も、今回の事件について、こんなに、強固なアリバイがあったことに、気がつかなかったと思うんです。ですから、もし、私の推理に、間違いがなければ、古賀昌幸さんは、木村健次郎さんに、頼まれて、私と亀井刑事を、小林健介さんの個展に誘ったに違いないのです」

「つまり、古賀さんも、一枚嚙《か》んでいるというわけか?」

「古賀さんに、誘われていなかったら、私も亀井刑事も、この恐るべきアリバイには、気がつかなかったはずなのです。もちろん、私と亀井刑事が、問題の個展に、行かなくても、裁判になった場合、弁護側が、小林健介さんの描いた絵を、中西遼の無実の証拠として、法廷に提出することになったでしょうが、それでは、あまりにも、タイミングがよすぎて、疑われる恐れがあります。ところが、古賀昌幸さんが、私と亀井刑事に、個展の話をして、見に行くことを、勧めた。そして、偶然の形で、個展で、私と亀井刑事が、その絵を見てしまった。このほうが、自然で説得力があると、考えていたんじゃないかと、思うのです」

「それは、あくまでも、君の勝手な想像だろう？」

「その通りです。私の勝手な想像です。しかし、この想像が、事実かもしれませんので、ぜひとも、捜査してみたいのです」

「君は、われわれの先輩二人、木村健次郎さんと、古賀昌幸さんを、殺人事件の共犯者として疑い、調べたいというわけだね？」

「その通りです」

「木村さんも、古賀さんも、立派な先輩だよ。警視庁で、仕事をされている時には、誤ったことは、何一つ、されなかった」

「それは、よく分かっています」

「分かっていながら、それでもなお、疑うのかね？」

「どんなに、素晴らしい人でも、ちょっとしたことで、道を、踏み違えることはあります」

「もし、木村さんと、古賀さんが、今回の事件とは、何の関係もないと分かった時には、君は、どうするつもりかね？」

「お二人に、謝罪します」

「それだけかね？」

「もし、お二人が、私を、告訴されるというのならば、その告訴を、お受けするつもりです」

「私が、刑事部長として、そんな捜査は止めろと命令したら、君は、どうするつもりかね？」

「部長なら、そういうことは、おっしゃらないはずだと、私は思っています」

とだけ、十津川は、いった。

三上は、何もいわず、黙って、十津川の顔を、じっと、見つめていた。

2

三上刑事部長は、積極的に、捜査方針を変えろとは、いわなかったし、といって、バカげているから、絶対にやるなとも、いわなかった。

三上刑事部長は、不機嫌ながらも、捜査方針の変更を、認めてくれたが、十津川にとって大変なのは、これからだった。警視庁や、警察庁は、先輩や後輩、あるいは、序列が、やかましいところである。

それに、木村健次郎も、古賀昌幸も、警視庁にいた時、何か、まずいことを、やって辞めたわけではない。どちらの先輩も、それぞれが、輝かしい功績を残して、警視庁を去っているのである。

古賀昌幸は、最初、捜査一課にいたが、暴力団に、押しが利くということで、捜査四課に、転属し、最後は、捜査四課の課長だった。

そして、五十歳になった時、これからは、若い者たちの、時代だから、私は、そろそろ引退したほうがいいと、いって、定年前にさっさと辞め、警備保障会社を興し、社長をやっている。現在五十九歳。今でも、後輩に慕われている親分肌の、男である。

もう一人の木村健次郎は、定年退職したあと、知的障害者のための施設「ＮＰＯ法人『夢の国』」の理事長として、活躍している。現在、六十五歳。古賀昌幸の、さらに先輩である。

「捜査は、慎重にやらないと、噛みつかれますよ」

亀井が、緊張した顔で、いった。

その恐れは、十分にあった。

古賀昌幸は、現在、「サーブ」という、警備保障会社の社長だが、仕事で、何か失敗をやらかして、警視庁を、辞めなければならなくなった若い刑事を、引き受けて、優先的に自分の会社で雇っている。

木村健次郎のほうは、去年、知的障害者の教育に、尽力していること、その充実を、助けたということで、国から表彰を受けていた。

そんな立派な先輩を、十津川は、殺人事件の共犯者ではないかと疑って、身辺捜査を、しようとしているのである。

「まず、二人の、何から調べますか？」

と、亀井が、聞いた。

「まず調べたいのは、金銭面だな。金銭が絡んだトラブルがなかったかどうかを、調べてみたいんだ」

十津川が、いった。

「それは捜査の必要ありですね」

と、亀井も、応じた。

「古賀昌幸も、木村健次郎も、中西遼との接点は、まだ、見つかっていない。年齢も違うし、生まれたところも、違うし、卒業した大学も違う。だから、中西遼にとって、二人は、郷土の先輩でもないし、学校の、先輩でもないんだ。また、古賀昌幸、木村健次郎の二人が、中西遼を、車ではねたとか、逆に、中西遼が、二人を、はねたということもない。それがあれば中西が二人を利用できるが、そういった引け目は、古賀昌幸も木村健次郎も、持っていなかった。年齢も、古賀昌幸、木村健次郎の二人と、中西遼との間には、ほぼ、三十歳も違いがあるから、ある女性をめぐって、三人の間で争いがあったということも、ちょっと考えにくい」

「そうなると、残るのは金銭ということになってきますね」

「ああ、そうだ。中西遼は、前の奥さんが、亡くなったことで、十億円の遺産を、手に入れている。一方、古賀昌幸と木村健次郎のほうだが、古賀のやっている、警備保障会社の経営が上手《うま》くいっていれば、問題はない。また、木村健次郎のやっている、NPO法人『夢の国』の経営も上手くいっていれば、問題はないが、もし、古賀の警備保障会社と、木村の『夢の国』の経営状態が、悪くて、金に困っているとしたら、そこにつけ込んで、中西遼が、二人に金を貸し、その借金のために、中西遼のアリバイを、証明することになってしまったということも、十分に、考えられるからね。だから、まず、古賀昌幸、木村健次郎の二人が、金に、困っていなかったかどうかを、調べてほしいんだ。そこに、何らかの、突破口があるかもしれないからね」

と、十津川が、いった。

3

捜査は、慎重にやる必要があった。直接、古賀昌幸や木村健次郎に会って、話を聞くなどということは、愚の骨頂である。また、二人の耳に、すぐ聞こえてしまうような捜査もできない。

十津川は、税務署の力を借りることにした。

古賀昌幸の経営している警備保障会社サーブの本社は、四谷《よつや》三丁目にあるから、四谷税務署の管轄だろう。

また、木村健次郎のやっている、NPO法人「夢の国」があるのは、三鷹である。当然、三鷹税務署の、管轄ということになってくる。

十津川は、二つの税務署に協力を求めることにした。

十津川は、そう思い、亀井を連れて、三鷹税務署に、行った。

四谷税務署には、西本《にしもと》と日下《くさか》の二人に、行ってもらうことにした。

十津川は、三鷹税務署の署長に会うと、まず、

「第一に、申し上げておきたいのは、このことは、くれぐれも、内密にお願いしたいということなんです。NPO法人『夢の国』は、三鷹税務署の管内に、あると思うのです

が、ここ、何年間かの、財務状態を教えてほしいんですよ」

「分かりました。どうして、ＮＰＯ法人『夢の国』を調べるのかは、あえて、お聞きしないことにしましょう」

　と、いってくれた。

　署長は、ここ五年間の「夢の国」の申告用紙を持ってきて、それを見ながら、十津川に、

「これによると、あの『夢の国』の主宰者は、木村健次郎さんですよ。何だ、木村健次郎さんも、以前は警視庁にいらっしゃったんじゃないですか」

「実は、そうなんです。それで、お願いしたように、内密にしていただきたいのです」

　と、十津川が、いった。

「確か、五年前だったと、思うのですが、木村さんから、私は、こんな話を聞いています。木村健次郎さんは、六十歳で警視庁を定年退職した。退職金すべて、それに、銀行からも、借り入れをして、それで、知的障害者のための組織、ＮＰＯ法人『夢の国』をお作りになった。その苦労話を聞いているんです。立派な人ですな」

「ええ、そうです。人間的に、立派な方です」

　十津川も、相槌《あいづち》を打ったあとで、

「その後の、『夢の国』の経済状態は、どうだったんですかね？」

「ああいう、施設というのは、もともと、あまり、儲《もう》かるものではありませんからね。それでも、少しずつ、赤字が少なくなっていますが、去年、建物の大改修をやっています」

「大改修ですか？」

「そうですよ。改修費として、一億円を、計上していますね」

「一億円ですか。決して、小さな金額ではありませんね」

「そうですね。ずっと、赤字が続いていたわけですから、どこかから、借金をしたんでしょうね」

「銀行から借りたということは、考えられないでしょうか？」

「いや、それは無理じゃありませんかね。何しろ、『夢の国』を、最初に作った時、木村健次郎さんは、ご自分の、退職金を全部投げ出し、その上、銀行から一億円を借りていて、まだ、全額、返済し終わっていませんから」

　と、署長が、いった。

「署長は、さっき、『夢の国』はずっと、赤字だったといわれましたね？」

「ええ、赤字が続いているのは確かですが、その赤字は、少しずつ少なくなっていますね」

「どうして、少なくなっているんでしょうか？」

「それは、寄付が、集まり出したということだと思います。しかし、寄付といっても、百万円単位の小さなものばかりですが、それでも、その寄付金で、ここにきて、赤字の額が小さくなってきましたよ」

「となると、建物の改修費として、一億円を計上したのは、それは寄付でしょうか？」

十津川が、聞くと、署長は、笑いながら、小さく手を横に振った。

「いや、それは、ないでしょう。何しろ、毎年、せいぜい、百万円単位の寄付しかないんですよ。それが去年に限って、一億円もの寄付が集まるはずが、ありません」

「銀行から、借りたとも考えられないんですね？」

「そうですよ。『夢の国』を、始めるにあたって、取引銀行から、かなりの、借金をしているんですよ。それをまだ返し終わっていませんからね。この状況で、取引銀行から、さらに、追加して金を借りるのは、まず無理でしょう。特に最近は、貸し渋りの傾向が強いですから」

「税金の申告の時ですが、いつも、木村理事長本人が、いらっしゃるんですか？」

亀井が、聞いた。

「木村理事長が、いらっしゃったのは、最初の年だけでしたね。あとは、代理の方が見えますよ。最初の時は、木村さんも、ＮＰＯには、どんな有利な点があるのかとか、寄付金は、どのように、申告したらいいのかとか、そういうことを、聞きにお見えになりましたね。あの時は、三時間くらい、話し合いましたかね」

「三時間も、署長さんは、木村健次郎さんと、どんな話を、したんですか？　税金の話ですか？」

「いや、税金の話は、せいぜい、三〇分くらいでしたよ。あとは全部、木村さんが、熱っぽく、知的障害者のことを、話されていましたね。その話に感動したのを、よく覚えています」

「去年、一億円で、『夢の国』の建物を、改修したといわれましたが、その一億円について、木村理事長から、これは、寄付だから、税金を、少なくしてくれといったような話はなかったんですか？」

「いや、それは、まったくありませんでした。だから、この一億円は、寄付とは違うんじゃありませんか？」

と、署長は、いった。

「去年、建物を、改修したというと、今まで、改修する必要が、あったわけですね？」

「あそこの建物は、中古のものを安く買って、オープンしたと聞いていますからね。四年目で改修というわけじゃなくて、もともと、かなり傷んでいたんじゃないかと思いますよ」

と、署長は、いった。

「ちょっと、話が、逸《そ》れますが、壁にかかっているあの絵は、確か、『夢の国』にいる小林健介という人が、描いた絵じゃありませんか？」

十津川が、聞いた。

署長室の壁に、見覚えのある絵が、飾ってあったからである。

署長は、ニッコリして、

「そうなんですよ。これは、山下清以来の天才といわれる、小林健介という、『夢の国』の方が描いてくれたんです。私の顔です。似ているでしょう？」

「どういう事情で、ここにあるんですか？」

「去年でしたかね。税金の申告に、理事長の秘書の方と、小林健介さんが、二人で、見えたんですよ。こちらは、小林さんのことを、あまりよく、知らなかったんですが、小林さんは、やたらに、落ち着かずに、部屋の中を、ずっと見ていらっしゃったんですが、その後になって突然、この絵が、送られてきたんですよ。別に、絵のモデルになったわけでもないので、びっくりしましたね。いったい、いつ、描いたんだろうと思いましてね。そうしたら、小林健介さんは、天才的な記憶力を持っていて、帰ってから、署長さんの絵を描いたのでお送りします、と理事長の木村さんからそんな電話が、ありましてね。それで、ここに、飾ったんですよ」

署長は、嬉しそうに、いった。

一方、四谷税務署に、調べに行った西本と日下の二人からは、古賀昌幸が、社長をやっている警備保障会社サーブは、毎年、着実に売り上げを、伸ばしていると知らされた。

四谷税務署長は、西本と日下の二人に向かって、

「世相が、険悪になればなるほど、ああいう会社は、顧客も増えて、売り上げを、伸ばしていくんじゃないですかね。この不況の時代にあって、年々、売り上げを、伸ばしている、数少ない、成長企業ですよ」

と、いったという。

「創業の時には、銀行から、金を借りたんじゃありませんか？」

西本が、聞くと、

「創業の時は、M銀行から、確かに三千万円を、借りていますが、すでに、完済されています」

「もう、完済しているんですか？」

「していますよ。古賀さんの会社は、ウチの管内では、優良企業のなかに入っています」

「何か、問題を起こしたことはありませんか？」

「どうでしょうかね。そういうことは、ウチでは分かりませんね」

と、いった。

二人の報告を聞いた十津川は、

（早くも、壁にぶつかったな）

と、思った。

木村健次郎が、理事長をやっているNPO法人「夢の国」のほうは、建物の改修費として一億円の資金が必要だったという。しかし、銀行の借金のほうは、まだ、返し終わっていないという。

となれば、どこかから、その一億円は、借りたものだろう。

この事実を知って、十津川は、今度の事件の解決のカギが、この辺りに、あるような気がした。

もう一人の、古賀昌幸のほうは、木村健次郎のような問題がなかったという。

古賀昌幸が、社長をしている警備保障会社サーブは、創業の時こそ、運転資金として、M銀行から、三千万円の融資を受けたが、すでに全額を、完済しており、四谷税務署長の話によれば、年々、順調に、実績を伸ばしており、四谷税務署管内の優良企業の一つだと、教えられた。

となると、古賀昌幸が、中西遼から借金する必要は、まったくないのである。十津川が、難しい顔をしていると、

「木村健次郎と、古賀昌幸の二人が、揃って金に、困っていて、中西遼から、借金をし

ていたのではないかと、警部はいわれましたが、二人揃ってではなくて、借金をしていたのが、片方だけでも、犯罪は、成立するんじゃありませんか？」

と、亀井は、いった。

「しかしだね。私とカメさんが、銀座の画廊に行き、例の絵を、見るきっかけになったのは、木村健次郎に、誘われたからじゃない。古賀昌幸に、誘われたからなんだ。その古賀昌幸が経営している、警備保障会社サーブは、まったく、金に困っていない。となると、中西遼に、金を借りていて、それで、われわれを、誘ったというストーリー自体が成り立たなくなってしまう」

「確かにそうですが、こんなストーリーだって考えられるんじゃないですか？」

亀井が話したのは、次のようなストーリーだった。

木村健次郎は、警視庁を、定年退職した後、前々から希望していた、知的障害者のための施設、「夢の国」を作って、理事長になった。

その建物が老朽化したため、改修するための資金が、必要になったが、すでに、銀行からは、多額の、借金をしているため、その融資は、期待できなかった。

そこで、一億円の資金を、中西遼から借りた。

中西遼は、木村健次郎の、運営している「夢の国」に、小林健介という天才画家が、いるのを知って、一つの殺人計画を立てた。

それは、別に、人を殺してくれというのではない。こちらが決めた時間、決めた場所で、ある人物の絵を、描いてもらえればいい。

その画家は、サバンと呼ばれる、天才的な記憶力を持った知的障害者の小林健介である。殺しの依頼だったら、もちろん、木村健次郎は、承知しなかっただろう。それは当然だ。ただ、自分が、理事長をやっている、NPO「夢の国」にいるサバンの画家、小林健介に、絵を描いてくれという依頼だから、簡単に、引き受けたのだろう。

三月三日、木村健次郎は、中西遼に、いわれるままに、小林健介を連れて熱海まで行き、そこから、一三時〇三分熱海発の伊豆急「リゾート21」に乗った。

小林健介を連れて、サロンカーに行く。そのサロンカーには、何人かの、乗客がいる。終点の下田まで行き、そのサロンカーの乗客たちの絵を、小林健介に、描かせればいいのだ。

中西の依頼というのは、ただ、それだけのものだったと思う。

中西は、その乗客のなかに、自分そっくりの男を、用意しておいた。

その男には、わざと、右の手首のところに大きな、ホクロを作っておく。中西遼自身の、右手首にあるホクロと、同じものだった。そうした特徴を、小林健介はしっかりと、覚えていて、絵に描くだろう。何しろサバンの人だから。

中西遼は、それを、初めからちゃんと、計算していたのだ。

そのことによって、中西遼のアリバイが、成立する。

これが、絵だからいいのだと、中西は、ほくそ笑んでいたに違いない。

もし、カメラマンに、同じような、乗客の写真を撮らせて、それを、アリバイに使ったとしたら、ほんの微細な違いでも、写真であることで、分かってしまう。

絵ならば、少しぐらい違っても、それは、画家の描き間違いということで納得させられるからである。

あとは、いかにして、何気なくこの絵を、知り合いに見せるかである。特に、中西遼の殺人事件を、扱った警察や、中西遼の弁護を引き受けた、弁護人に見せるかである。

そこで、公判に合わせて、小林健介の個展を、銀座で、開くことにした。

次は、事件を担当した、十津川警部や亀井刑事に、何気ない形で、その個展を見に行かせる。

木村健次郎が、直接、十津川や、亀井を誘ったのでは不自然だ。それよりは、もう一つ、クッションを置いて、誘ったほうが、いかにも、自然に見える。

そう考えて、木村健次郎は、警視庁の後輩である、古賀昌幸に頼んで、十津川たちを誘わせた。

古賀のほうは、中西遼のことをまったく知らないので、自然に、十津川に対して、個展の話を、持ち込むことができた。

これが、亀井の考えたストーリーである。

4

「古賀昌幸のほうが、中西遼とは、まったく関係がなくても、一連のストーリーは、十分に成り立つと、私は思うのですが、どうでしょうか？」

亀井が、十津川に、いった。

「確かに、カメさんのいうことにも一理あると思う。しかしね、私は、どうしても、古賀昌幸にも、中西遼に、対して、借りがあったんじゃないかと、思えて仕方がないんだ。中西遼は、警察のＯＢ二人に、何らかの貸しを、作っていた。二人も味方が、いれば、安心してアリバイ作りが、できるからね。一人だけでは、どうにも心許《こころもと》ない。安心して、莫大な財産を手にできるか、それとも、刑務所に送られるかの、どちらかだからね。どうしたって、慎重になる。二人のＯＢを、中西遼は、自分の思い通りに、動かせると、確信していたからこそ、今回の、妻殺しを実行したんじゃないかと、私は、思っているんだ」

「しかし、警部も、いわれましたよね？　中西遼が、利用できるのは、金しかない。木村健次郎は、一億円という大金が必要でしたから、中西は、自分の資産を使って、木村健次郎を、買収できたかもしれません。しかし、古賀昌幸のほうは、金を、必要としていないんです。中西遼が、古賀昌幸につけ込む余地は、なかったのでは、ないでしょうか？」

「本当に、金以外に、ないだろうか？」

「ほかに、何かありますか？」

「何かが、あるはずなんだ。その何かで、古賀昌幸と、中西遼は繋がっている。だからこそ、古賀昌幸は、中西遼のために、働いた。私とカメさんをあの画廊に行かせたんだ」

十津川は、古賀昌幸という人間について、もう一度、考えてみた。

現在、五十九歳。在職中は、敏腕といわれた刑事で、何度か、警視総監賞を、もらっている。

五十歳の時に、後輩に道を譲るといって、定年前に、警視庁を辞め、警備保障会社サーブを設立。その会社の評判も、いいし、年々、売り上げを、伸ばしている。

また、警視庁を辞めた、若い刑事を積極的に採用し、その面でも、警察から、感謝されている。どこにも、欠点はない。

しかし、どこかで、古賀昌幸は、中西遼と繋がっているに、違いないと、十津川は、確信していた。

十津川は、中西遼の、立場になって考えてみた。

中西は、警視庁の、ＯＢでもないし、彼の父親が、刑事であったということもない。また、家族に、警察関係者がいるという話も、聞いていない。何しろ、中西遼は、やくざの組長の一人息子なのだ。

そんな中西が、警察ＯＢの、古賀昌幸と木村健次郎の二人に、目星をつけて、何らかの関係を、持とうとしたら、どうするだろうか？

木村健次郎の場合は、「夢の国」の改修工事が迫っていて、それには一億円という大金が必要である。銀行からは、すでに、多額の融資を受けていて、これ以上は、頼めないと、わかったので、急遽《きゅうきょ》、中西は、木村健次郎に近づいて、一億円を融資したに違いない。

古賀昌幸のほうは、どうやって、関係を持ったのだろうか？

（古賀と関係を持つことのできる方法が、一つだけある）

と、十津川は思った。

古賀昌幸が、社長をやっている警備保障会社サーブに、自宅の警備を、頼めばいいのだ。

中西遼は、前の妻、由美子が、死んだことによって、十億円もの資産を、相続して、豪邸に住むようになった。したがって、警備保障の会社に、自宅の警備を、頼んでも、少しもおかしくはない。

（その時に、何らかの、問題が起きたとすれば、どうだろう？）

と、十津川は、考える。

例えば、その時、警備保障会社サーブの社員のミスで、中西の屋敷から、多額の現金が盗まれたり、中西が大事にしていた高価なものが、奪われたりしたとすれば、どうだろうか？

それが、公になれば、せっかく、古賀昌幸が作った警備保障会社サーブの信用は、がた落ちになる。

そこで、中西は、恩着せがましく、この件は、内密にしておきましょうと、古賀昌幸にいうのである。そうすることによって、中西遼は、古賀昌幸に、貸しを、作ったのではないだろうか？

内密にしてあるから、ニュースにはなっていない。

逆に、古賀昌幸にとっては、いつも、そのことが中西遼に対する負い目に、なっていた。今回、それを、中西遼は、利用したのではないのか。

「しかし、警部、これは、内密な事件で、ニュースにはなっていないわけですから、それを明らかにするのは、難しいんじゃないですか？」

と、亀井が、いった。

「確かに難しいがね、一つだけ、突破口があると思っている」

「どんな突破口ですか？」

「中西遼が、自宅の警備を、古賀昌幸の会社に、頼んだとき、社員のミスで、現金が奪われたり、大事なものが、奪われたりする。これが、実際にあったミスだと、思うかね？」

「中西は、何か関係を持とうとしたわけですから、わざと、落とし穴を作っておいて、サーブの社員を、はめたと考えるほうが、いいかもしれませんね」

「私も、そう思うんだよ。だから、これは、作られた事件なんだよ。つまり本当は、サーブの社員のミスで、現金が奪われたり、何か大事なものが奪われたりしたわけじゃないんだ」

「なるほど、そういうことは、考えられますね」

「その点を、徹底的に、調べていけば、事件が、明らかになるかもしれない。そうなれば、古賀昌幸の証言だって、取れるかもしれない」

と、十津川は、いった。

「何か見つかるでしょうか？」

「見つけるさ」

と、十津川が、いったあと、

「もう一つ、今回の事件について、調べたいことがある」

「分かっています。中西遼の、ニセ者の件でしょう？」

「そうだよ。小林健介の描いた絵のモデルが、中西遼本人ではないとすれば、どこかに、彼に、よく似たニセ者が、いたことになる。その男は、中西遼自身が、どこからか、見つけ出してきたんだ。まだ殺されていないとすれば、その男は、どこかにいるはずだから、われわれの手で、何とか、見つけ出そうじゃないか。見つかれば、その男と、古賀昌幸の証言とで、中西遼の殺人を、証明することができるはずだ」

と、十津川が、いった。

5

古賀昌幸が、社長をやっている、警備保障会社サーブの件は、この会社を辞めた社員を、捜すことから、始めた。辞めた社員ならば、正直に、会社のことを、しゃべってくれるのではないかと、思ったからである。

中西遼のニセ者の件は、どうやって、中西遼が、自分そっくりの男を、見つけ出したかである。

「ただ闇雲に、自分によく似た男を、捜すといったら、いくら時間があっても、見つけ出せなかったのではないかと、思いますね」

と、亀井が、いった。

「カメさんなら、どうやって、捜すかね？」

「そうですね。今は、インターネットの時代です。それを、うまく利用すれば、自分の方は、偽名でも、インターネットに、広告を出すことはできます」

「なるほど。インターネットに、広告を出すという方法か」

「中西遼は、こんな広告を出したのではないでしょうか。身長百八十センチ強、体重何キロ、年齢三十歳前後。自分の顔立ちの特徴をいって、こちらが、希望する男性がいれば、その男性には、一週間で、百万円、あるいは、二百万円を払う、そういって、まず、写真を送らせるのです。そして、自分のニセ者に、近いと思った男を選んで、今回のアリバイに、使ったんじゃないでしょうか？」

「カメさんのいうように、匿名の広告だとすると、それが、中西遼の広告だと、証明することは難しいし、第一、見つけるのも、大変じゃないか？」

と、十津川は、いった。

亀井は笑って、

「どうです？　こちらも、広告で、対抗してやろうじゃないですか？」

「どうするんだ？」

「中西が出したのと、同じような広告を出すんですよ。中西遼の身長、体重、顔立ちなどを書いて、これに、合致する男性を捜している。応募者に対しては、十分なお礼をする。特に、この条件に、ぴったりの男性に対しては、百万円を払う。そういう、広告ですよ。そうすれば、中西遼の広告に、応募した男たちが、こちらにも、集まってくるんじゃないですか？」

と、亀井が、いった。

十津川は、亀井の案を、採用した。

謝礼は、必要経費として、出してもらうことにした。

その広告が、インターネットに載った。

途端に、どっと、写真が、送られてきた。その写真の裏には、身長、体重、年齢などが書いてある。

その広告には、応募した理由も、書くようにと、指示しておいた。

応募者のなかには、写真の裏か、あるいは、同封の便せんに、

「前にも、同じような広告があって、それに、応募した時、第一次選考に通った」

と書いてあるものもあった。

十津川と亀井は、千代田《ちよだ》区公会堂の中の小会議室を借り、応募してきたなかから、十人の男を選んで、集まってもらった。

そのなかの二人は、前に、同じような広告に応募したと、写真の裏に、書いてあった男である。十津川と亀井は、まずその二人に、話を聞くことにした。

その一人は、青田雄一《あおたゆういち》という名前で、フリーターだという。

「あなたは、前にも、同じような広告があって、それに、応募されたそうですね？」

「ええ、そうですよ。僕は、てっきり映画かテレビの、エキストラの募集かと思ったんですよ。主人公に、よく似たニセ者が出てくる、そんなストーリーです。それで、写真を送ったら、写真の段階では、合格して、日にちを決められたので、行きました」

「どこへ行ったんですか？」

「確か、池袋にある、ウイークリーマンションでした」

「それで、どんな審査があったんですか？」

「マンションの部屋の中に、三十代と思える男性と、それから、少しばかり、派手な感じの女性がいましたね。ただ、男性のほうは、大きなサングラスをかけていたので、素顔は分かりませんでした。何だか、変装しているみたいでしたね。女のほうは、クラブのホステスさんじゃないですかね。そんな感じの女性でした。時々、その男性が、女性に向かって、どうだ、似ているかと、聞いていましたね」

「そのあとは？」

「何か、台本のようなものを、読まされました。それで、なおさら、何か映画かテレビのオーディションかと思ったんです。結局、不採用になってしまって、交通費として一万円もらって、帰りました」

と、青田は、いった。

もう一人の男は、城之内博《じょうのうちひろし》という名前で、ある大手の、繊維メーカーのセールスマンだった。

城之内も、てっきり、映画か何かの、主人公のニセ者として、出演することに、なるのだろう、そう、思っていたらしい。

城之内も、池袋のウイークリーマンションで、面接があったというが、青田とは日にちは違っていたから、一日のうちに全員を集めて、やったというわけでは、ないらしい。

「僕も、シナリオみたいなものを読まされましたよ」

と、城之内は、いった。

それは、多分、自分と同じ声の質かどうかを、中西が、調べたのだろう。

結局、今日、集まってもらった十人のなかには、中西遼が合格点を与えて、三月三日、「リゾート21」のサロンカーに、乗せた男はいなかった。

そのことに、十津川は、少しばかり、不安を覚えた。

(ひょっとして、中西が、自分の身代わりに使った男は、すでに、殺されてしまっているのではないか?)

と、思ったからである。

第六章　面接試験

1

捜査本部に、男の声で、電話が入った。

男は、南川信雄《みなみかわのぶお》と、名乗り、今回の事件の捜査責任者に、会いたいといった。

十津川が、電話に出た。

「私が、捜査の責任者十津川ですが、私に会いたいという、理由は、何ですか？」

と、聞いた。

「警察は、古賀昌幸が、社長をやっている警備保障会社サーブのことを、知りたいんじゃないですか？」

と、相手が、いった。

「どうして知っているんですか？」

「新聞やテレビに、何回も、出ているじゃありませんか。警備保障会社サーブのことと、もう一つは、同じ警視庁のOBがやっている、NPO法人『夢の国』のことがですよ。何回も出ているということは、捜査本部が、この二つの団体について、実情を、知りたいのだと思ったんですよ。違いますか？　違うのなら、私のほうも、別に話すこともありません」

「南川さんといわれましたね？」

「ええ」

「あなたは、警備保障会社サーブに、勤めていらっしゃるんですか？」

「以前は勤めていましたが、今は辞めています。だから、あの会社について、何でも、話せますよ」

「分かりました。ぜひ、お会いしたい。場所を、指定してくだされば、こちらから、出向きますよ」

南川信雄という男が、指定してきたのは、都内の、有名ホテルのロビーである。

指定された時間に、十津川は一人で、そのホテルに、出かけていった。相手が、一人で、来てほしいと、いったからである。

ホテルの広いロビーでは、コーヒーなどの飲み物や、ケーキなどを頼むことができるようになっている。

十津川が入っていくと、ロビーの隅のほうに、目印の、赤いバラを、背広の胸に、差している男が、見つかった。

十津川は、相手に声をかけ、その前に、腰を下ろした。

ウエイトレスが、注文を、聞きにくる。

十津川は、相手と同じように、コーヒーとケーキを、注文した。

「南川さんで、いいんですね？」

「ええ、それで、結構です」

「問題の警備保障会社サーブには、どのくらいの期間、お勤めになっていらっしゃったんですか？」

「約一年半です」

「会社を辞められた理由というのは、いったい、何ですか？」

「それは、一身上の都合ということに、しておいてください」

南川は、そういって、笑った。

「辞められたのは、最近ですか？」

「ええ。今年に入ってすぐ辞めました」

「それならば、あなたが、サーブにいた頃、中西遼という男が、警備保障会社サーブの会員になり、彼にからんで警備保障会社の失点に、結びつくような事故が、あったのではありませんか？　完全な警備を売り物にしているのに、白昼堂々、賊が侵入し、現金か、あるいは、高価な美術品が、まんまと、盗まれてしまった。そんなことがあったんじゃありませんか？」

十津川が、聞くと、

「そんな、会社の致命傷になるようなミスは、ありませんでした」

と、真面目な顔で、いったあと、南川は、ニヤッと、笑って、

「会社は、そう、いっていますが、今、十津川さんがいったような事件が、実際には、起きていたんです」

「やっぱり、あったんですね。間違いありませんか？　大事なことなので」

と、十津川は、念を押した。

「私は、その頃、サーブの、営業担当でしてね。中西遼という男と、警備保障の契約を取りつけたので、よく覚えています。間違いありません」

「その件について、詳しく、話していただきたいのですが、あなたは、中西遼のことを、前から知っていらっしゃったんですか？」

「いいえ、はじめは、中西さんが、わざわざ会社にいらっしゃったんですよ。その時、たまたま、私が、中西さんの、お相手をすることになったので、交渉しました。中西さんは、自分の家の図面を、持っていらっしゃいましてね。自分は、趣味で、骨董《こっとう》を集め

ているんだが、全部で六千万円から七千万円ぐらいの価値があるものが、家に置いてある。時々、家を、留守にするので、その時、大事な骨董品を、守っていただきたい。そういわれたんですよ。ウチには、警備保障に関して、A、B、Cという三つのランクがありましてね。中西さんは、いちばん料金の高いAランクを希望されて、一カ月十万円の、会員になられたんです。古賀社長は、中西さんが、Aランクを希望されて会員になってくれたことに、大変喜びましてね。その契約を取った私も、誉《ほ》められました」

「ところが、事件が発生したわけですね？」

「そうなんですよ。去年の十月に、中西さんが一週間ほど、旅行に出かけまして、彼が留守にしている一週間について、警備の特別契約を、結んだんですよ。その間、警備会社の社員が一人、二十四時間、中西さんの家にいて、警備に当たることになったのです。ただし、一日について五万円、一週間、七日分として三十五万円を基本料金のほかにいただくという、契約になりましてね。中西さんは、あとを頼むといわれて、旅行に出かけられたのです。ところが、その四日目に事件が起きてしまったのです」

「その事件というのを、詳しく、話して下さい」

「この日、中西邸には、大学時代に、空手をやっていたという、サーブでは、いちばんの強い男、名前は、近藤《こんどう》勉《つとむ》というのですが、その男が、中西邸に、泊まり込むことになりました。陽《ひ》が落ちると、近藤勉は、家のカギをかけ、戸締まりが完了したあと、会社に、連絡してきて、これから休みますと、いってきました。われわれ同僚も、古賀社長も、安心していたのですが、翌朝になっても、近藤から、定時の連絡が、来ないのです。心配になって、中西さんから、預かっていたカギを持って、ウチの社員二人が車で、中西邸に、行きました。ところが、家に、着いてみると、カギがかかっていなかったんです。それで、不安になって、社員二人が、中に入っていくと、ダイニングルームで、近藤勉が、後ろ手に縛られ、ガムテープで口をふさがれて、床に、転がされていたのです。その上、中西さんが、集めていた骨董品、それは二階の、特別な部屋に、しまってあったのですが、一つ残らず、全部盗まれてしまっていたんです。それで、会社は大騒ぎになりました。何しろ、特別料金までもらって、一週間、絶対に、泥棒には入られないようにする。大事な品物は守る。中西さんには、そう約束をして、会社のナンバーワンの、強い男を泊まらせたのに、まんまと、賊に入られて、お客さまがいちばん大事にしていた骨董品を、全部、盗まれてしまったんですからね。これは会社の信用問題ですよ。このことが公になったら、会社の信用は、地に堕《お》ちてしまって、新しい会員は、できなくなるし、今までの会員からも契約破棄を、いわれてしまうのではないか？　そんなことで、社長も真っ青になっていたのです」

「その日、中西邸に、泊まり込みに行ったサーブの社員は、近藤さんというのですね？」

「そうです。年齢は、その時二十八歳で、大学の空手部にいた時、確かキャプテンをやっていた男です」

「その近藤さんが、どうして、後ろ手で、縛られ、ガムテープを口に貼られて、転がっていたんですか？」

十津川が、聞いた。

「近藤勉の話は、こうでした。夕食を済ませて、一階のトイレに、入っていたら、突然、眠くなってしまった。何とか、目を開けようとしたんだが、とうとう、意識がなくなってしまい、いつのまにか、寝てしまった。気がついたら、縛られて、口を、ガムテープでふさがれ、ダイニングルームに、転がされていた。そういっているんです」

「それで、どうなったんですか？　会社にとっては、大変な、痛手というか、信用失墜ですよね」

「そうなんですよ。警備会社は、信用第一ですからね。ところが、どういうわけか、この事件に関するニュースは、新聞にもテレビにも、まったく、出ませんでした」

「それは、お客の中西さんが、怒らなかったということですか？　そんなことは、ちょっと、考えられませんがね」

「たぶん、古賀社長は、中西さんに、とにかく謝って、盗まれた骨董品については、無条件で、弁償する。それ以外にも、多額の金を渡したんじゃないかと、私なんかは、思ったんですがね。とにかく、なぜか、この事件は、マスコミには、まったく漏れなかったし、その後も、会社は、何事もなかったように、営業を続けているんです。それで、会社の信用も、堕ちずに済みました」

「社員には、箝口令《かんこうれい》が敷かれたんじゃありませんか？」

「いや、この事件のことを、知っているのは、社員のごく一部だけなんです。中西邸に留守番に行った近藤勉。次の日の朝、定時の点検に行った、二人の社員。それから、この私。私は、さっきもいったように、中西さんとの間に、契約を取り交わした営業マンですからね。もう一人は、古賀社長。会社で、この件を、知っているのは、この五人だけなんですよ。それにもちろん、お客の中西さんも、知っているわけですが、なぜか、中西さんも、この事件に関しては、ひと言も、話していませんね」

「あなたは、お客の、中西さんと、古賀社長との間に、何らかの、裏取引があって、この事件が、公にはならなかったのではないか？　そう、思っているんですね？」

「ええ、そうです。ほかに、考えようがないじゃないですか？　古賀社長にしてみたら、こんな事件が、公になったら大変ですから、必死になって、中西さんを、拝み倒したんじゃありませんかね。かなりの額の金が、渡されたと思うんですが、はっきりは分かりません」

「この事件の、中西遼さんですが、現在、殺人容疑で、起訴され、裁判中なのを、南川さんはご存じですか？」

「ええ、もちろん、知っていますよ。だからこそ、十津川さんに電話したんです。多分、警察は、中西遼さんの事件に絡んで、サーブや、あるいは、『夢の国』のことで、いろいろと、知りたいことがあるだろう。そう思ったので、電話したんですよ」

「大変参考になりましたので、お礼を申し上げたい」

十津川がいうと、南川は、

「もし、私の話が、捜査の参考になったらですが、警察から、捜査に対する協力金というか、そういうものがもらえると、聞いたのですが、私の場合は、どうですか？　協力金がいただけますか？」

「今回の捜査が、終わった段階で、南川さんから協力があったことについて、上司に、報告をしておきます。それほど、多額の礼金は出せませんが、必ず出るように、頼んでおきますよ」

十津川は、約束した。

十津川は、捜査本部に戻ると、刑事部長の三上に、南川信雄という男から聞いた話を、報告した。

「君は、その男の話を、ウソではなく、本当のことだと、受け取ったわけだね？」

「もちろんです」

「そうなると、君の結論は、どういうことになるのかね？」

「中西遼は、警備保障会社サーブの、古賀社長に、大きな貸しを、作ったという結論です」

「今、君がいった、去年十月の事件だが、これは、中西遼が、古賀社長に貸しを作るために、デッチ上げた事件ということなんだろうね？」

「その通りです。すべての筋書きを、中西遼が考え、古賀社長を、罠《わな》にかけたと、私は考えています」

「どんなふうにだね？」

「事件が起きたのは、中西遼の自宅ですから、彼が一週間、自宅を、留守にするといっておいて、家の中に、あらかじめ、いろいろと、細工を施しておくことは、十分に、可能だったはずです。あの日、近藤勉という二十八歳の社員が、中西邸に、詰めています。彼は大学時代、空手を、やっていたという話で、サーブでは、いちばんの、強い男ということになっています。その近藤が、夜になってトイレに入りますが、トイレには、おそらく、前もって、仕掛けがしてあって、近藤が入って、用を足していると、無色無臭の強力な、催眠ガスが、狭いトイレの中に、発生したんじゃないでしょうか？　それで、近藤は、眠ってしまった。中西は、一週間、留守にするといっておいて、その日は、たぶん、家の近くの車の中かどこかで、じっと様子を窺《うかが》っていたんだと思いますね。そして、頃合いを見て、裏から家に入り込むと、催眠ガスのせいで、意識を失って眠ってしまっている、近藤勉を縛り上げ、ガムテープを口に貼りつけたあと、六千万円から七千万円はするという骨董品を、運び出してしまった。私は、そう考えています」

「すべて、古賀昌幸さんに、貸しを作るためにやったことだと、君は思うんだね？」

「そうです。ほかには、考えようがありませんからね。NPO法人『夢の国』のほうは、理事長の木村健次郎さんが、建物の改修には一億円が必要で、その一億円を、中西遼から借りているとすると、こちらのほうは、すでに、貸しを作っていたことになります。次には、警備保障会社の、古賀社長にも貸しを作りました。つまり、中西遼は、今回の事件に、木村さんと古賀さんという警視庁の先輩二人を、自分のアリバイ作りに、利用したんですよ」

「君のいう通りかもしれんが、私には、まだ、信じられない。何しろ、木村さんも古賀さんも、警視庁の、大先輩で、お二人とも立派な人物なんだ。そんなお二人が、簡単に、中西遼のいいなりになるとは、考えられないのだがね」

「しかしですね。中西遼は、木村さんと古賀さんに、貸しを作っておいて、いざとなった時に、人殺しを、やってくれとか、人を騙してくれとか、そんなことを、頼んだわけじゃありません。もし、人殺しや、犯罪の片棒を、かつげとかなら、お二人とも、即座に断ったと思うんですよ。ところが、中西遼が、頼んだのは、『夢の国』にいる小林健介の描いた、絵の個展が、銀座で開かれているので、その個展に、私と亀井刑事が行くように、誘ってもらえればいい。それだけの要求しか、していないわけですから、古賀さんにしても、別に何の罪悪感もなく、私と亀井刑事に、個展に来るように、勧めたんだと思いますね」

「そうだな。中西遼が、木村さんや古賀さんに頼んだのは、『夢の国』の天才画家、小林健介の絵の個展に、君と亀井刑事の二人が、行くように、仕向けること。確かに、それだけのことだから、何の抵抗もなく、二人の先輩は、いわれたままに、動いたのかもしれん」

「もちろん、その前に、木村健次郎さんには、『夢の国』にいる、サバンの天才、小林健介を連れて、三月三日、熱海発、一三時〇三分の『リゾート21』に乗って、サロンカーに行ってほしい、それだけしか、頼んでいないはずですから、この依頼についても、別に、木村さんは、抵抗感を持たなかったはずです。もともと、木村理事長は、『夢の国』にいる、小林健介は、特異な記憶力のあるサバンだが、細密画を描く天才であって、いつか、その天才の絵を世間に認めさせたいと思っていたに違いないんですよ。だから、中西遼の要求に対して、断るどころか、むしろ、喜んで、応じたんじゃないでしょうか？」

「しかし、今は、どうなんだろう？　木村さんも古賀さんも、まんまと、中西遼に利用された、騙されたと、思っているだろうね」

「ええ、もちろん。そう思っていらっしゃると思いますが、すべてを、打ち明けられるとは、考えられませんね。何しろ、まんまと中西遼に、騙されてしまったわけで、今さら、自分の恥になるようなことは、よほどのことがない限り、口には出されないだろうと、私は、思っています」

「しかし、君は、このことを、公にする気でいるんじゃないのかね？」

「このことが、裁判の行方を左右するとなれば、私は、この件を滝本検事にも話しますし、証言してくれといわれれば、法廷で、しゃべります。そして、お二人にも、同じように、法廷で証言してくれるよう、お願いするつもりです」

　と、十津川は、約束した。

「これからどうするつもりかね？」

　さらに、三上が、聞く。

「滝本検事が、私の報告を、待っていると思いますので、まずは、これから、滝本検事に、会いに行ってきます」

　と、十津川は、いった。

2

十津川は、東京地検の、建物の中で、滝本検事に会った。

滝本は、待っていたように十津川を迎え、いきなり、

「勝てる見込みは、ついたかね？」

十津川は、南川信雄という男に、会ってきたことを告げた。

南川に聞いた話を、そのまま、伝えると、滝本検事は、

「かなり、勇気が湧いてきたよ」

と、いったあとで、

「中西遼は、かなり前から、古賀さんと、木村さんの二人に、貸しを作ろうとしていたことになるが、どうして、そんな前から、作戦を練っていたのだろうか？」

「中西遼は、三年前、四十歳の未亡人、加藤由美子と結婚し、そのあとで、彼女を、交通事故で死なせています。この交通事故については、殺人ではないかと、疑った人もいたようですが、結局、それは証明されず、二十八歳だった中西遼は、十億円もの、財産を手に入れています。そして、今度は、工藤秀美という資産家の未亡人に、目をつけました。今度狙った未亡人は、二十億円以上の遺産を持っている、未亡人です。口説いて

結婚したあと、秀美を殺せば、その、二十億円が手に入ります。しかし、今度、彼女が死ねば、間違いなく、疑われます。何しろ、三年前にも、同じような金持ちの未亡人と、結婚して、すぐ彼女が死んでいますからね。今度こそ、警察は中西を疑って、徹底的な捜査を、開始します。安易なアリバイなど、簡単に、見破られてしまう恐れがあります。そこで、中西遼は、考えに考えて、殺人計画を立てたんだと、思うんですよ。まず、NPO法人『夢の国』の理事長、木村さんと、警備保障会社サーブの社長の、古賀さんの二人に、何とかして、貸しを作ることにした。いざとなった時に、自分の思うように、動いてくれる人間、それも、警視庁のOBという、これ以上、強い信用の置ける人間はない、という二人に、貸しを作ろうとしたんです」

「なるほどね」

「今回の事件で、中西遼が企《たくら》んだ計画について、明らかにできれば、間違いなく、裁判で、中西遼を、有罪に持っていけると、確信しています」

「確かに、君の話を聞いて、勇気が湧いてきたんだが、しかし――」

滝本は、急に、声を落とした。

「やはり、古賀さんと、木村さんという、警視庁の先輩の名前を、出すことに躊躇《ちゆうちよ》を覚えますか？」

と、十津川が、聞いた。

「警察の先輩二人を、どうしても、非難するような話になってくるからね。その辺は、やはり、躊躇するものはあるよ」

と、滝本は、いった。

「しかし、よく考えてください。木村健次郎さんは、自分が、理事長をやっている知的障害者の施設である『夢の国』、そこに、暮らしている小林健介という細密画の天才を、中西遼にいわれるままに、三月三日、熱海発の伊豆急『リゾート21』に乗せ、帰ってきてから、サロンカーの中で出会った人の、絵を描かせ、その絵の個展をやってもらう。頼まれたのは、それだけですよ。また、警備保障会社の古賀社長についても、別に、中西に頼まれて、殺人をやったわけでもなく、ただ、私と亀井刑事に、天才画家の個展を、見に行くように勧めることを、頼まれただけです。普通に考えれば、どうということもないことを、木村さんも、古賀さんも、やっただけのことですよ」

十津川が、励ますように、いった。

滝本検事は、苦笑して、

「確かに、表面的に、考えれば、木村さんと古賀さんのやったことは、犯罪でも何でもない。しかしだね、何でもないことだといってしまったら、検事側に、有利には働かないんだ。その、何でもないことが、中西遼の大きな企みで、古賀さんも木村さんも、犯罪に利用された、犯罪の片棒をかついだと、私が公判で証明しなければ、検事側は、勝ことが、できないんだよ。その辺のことを、君は、分かっているのかね？」

「もちろん、よく分かりますが、勇気を出して、ぜひ、裁判には勝ってください。そうしないと、中西遼のような、許すことのできない悪人を、のさばらせてしまうことになりますから」

　十津川が、いった。

「分かっている」

　と、滝本検事は、いったあとで、

「今もいったように、木村健次郎さんも古賀昌幸さんも、中西遼によって、アリバイ作りに、利用された。私は、そんな言葉で、二人を弾劾する。そうしなければ、裁判は、勝てないからね。しかし、その結果、木村さんと古賀さんは、どうするだろうか？　君は、それを、考えたことが、あるかね？」

「もちろん、考えています。今でも、考えています。おそらく、木村さんは、NPO法人『夢の国』の理事長を、退くでしょうね。警備保障会社サーブの古賀社長も、社長の座を退くに、違いありません」

「同感だ。木村さんも古賀さんも、警視庁を退職されてから、それぞれ、立派な仕事を、されている。そのこともあるから、君がいったように、木村さんは理事長を退くし、古賀さんは、社長の座を降りると、私も思う。まさか、もっと怖いことにならないだろうか？」

「もっと、怖いことというと、どういうことですか？」

「責任を取って、自殺するということだよ。君だって、自殺は、絶対にありえないと、断定はできないんだろう？」

「できませんね」

と、十津川は、いった。

そういったあと、一瞬、十津川は、狼狽《ろうばい》した。そこまでは、考えていなかったからである。

3

翌日、十津川に、青田雄一から電話が入った。

一瞬、青田雄一という名前を、忘れてしまっていて、

「どなたでしたっけね？」

十津川は、聞き返してしまっていた。

「先日、お会いした、フリーターです。妙なモデルの、募集広告を見て、それに応募した人間ですよ。残念ながら、僕は、落ちてしまいましたけど」

と、相手が、いった。

「ああ、あの青田さんか。何か、私に、用でも？」

と、十津川が、聞いた。

「先日、会った時、刑事さんは、こういわれましたね。あの広告に合格した人に、会いたいって」

「見つかったんですか？」

「名前が、分かったんですよ」

「それでは、ぜひ、お会いして、お話が聞きたい」

十津川が、いった。

今度は、十津川は亀井を連れて、西新宿のホテル内の喫茶店で、青田雄一に会うことにした。

このホテルも、ロビーで、コーヒーなどが飲めるようになっている。

十津川と亀井が、ロビーに入っていくと、そこには、青田雄一のほかに、もう一人、前に会った、城之内博が、いた。

二人とも、問題の広告を見て応募したが、合格できなかったのである。

十津川は、城之内に向かって、

「あなたも、あの広告を見て、試験を受けた。その時、合格した人間の名前が、分かったんですか？」

「先日、刑事さんから、聞かれましてね、実は、その後、二人で、話し合ったんですよ」

「それで、合格者の名前を、思い出したんですか？」

「いや、思い出そうにも、そもそも最初から、名前は、聞いていなかったんですよ。悔しいので、二人で、どんな男が合格したのか、調べてみたくなりましてね。そこでまず、会場になっていた、ウイークリーマンションは、あの日、誰が借りていたのか、そのことから調べていったんです」

と、青田が、いった。

「それで、借り主の名前は、分かったんですか？」

「分かりました。浅井新太郎《あさいしんたろう》、三十二歳、住所は、中野《なかの》区本町《ほんちょう》のマンションです」

「その浅井新太郎ですが、偽名じゃありませんか？」

「いや。本名です。ウイークリーマンションのオーナーによると、部屋を借りた浅井新太郎に、運転免許証の提示を求めているんです。その写しもありますから、本名に間違いありません」

城之内は、その写しを、十津川に見せた。なるほど、間違いなく、運転免許証の写しで、浅井新太郎とある。

「お二人は、この浅井新太郎本人に会ったんですか？」

「会いに行きました」

と、青田。

「しかし、不在でした。管理人によると、もう一カ月も、留守が、続いているそうです」

「一カ月も？」

「よく調べてみると、妻殺しの事件が、新聞に出る三、四日前から、姿を消しているんです」

「そうなると、手掛りなしになったわけですか？」

十津川がいうと、青田は、ニッコリして、

「このくらいのことじゃあ、僕たちは、へこたれませんよ。二人で、なお、調べていくと、浅井新太郎の名前で、同じウイークリーマンションを、四回、借りているんです。つまり、あそこで、四回、面接が行われたということです。僕たち二人の時には、合格者が、出ていませんから、あとの二回のどちらかで、合格者が出たことになります。そこで、サイトに、広告を出しました。この二回に、応募した人で、合格者のことを知っていれば、十万円払うという広告です」

と、いったあと、

「この十万円ですが、捜査協力費で、出してくれませんか？」

「喜んで出しますよ。私が、個人的に出してもいい。それで、どうなったんですか？」

「十万円が、きいたのか、合格者が出た日のことを知っている応募者二人から、連絡がありました。すみません。二十万円になってしまったんです」

「構いませんよ。それで、合格者の名前や住所は分かったんですか？」

「これが、合格者です」

城之内が、一枚の写真を見せた。二人の若い男が、並んで写っているのだが、どちらが合格者か、十津川にも、すぐわかった。二人とも、中西遼によく似ているが、左の男が、より似ていたからである。

「左の男が、合格者ですね」

と、十津川が、いうと、城之内は、

「違います。写真の右の男が、合格者で、左の男は、僕たちに協力してくれた二人のうちの一人です」

「それで、合格者の名前は？」

「わかりません。プライバシーに関わるので、名前も、住所も発表されなかったそうです。それに、写真を撮ることも、禁止だったそうですが、協力者の一人が、内緒で、ケータイで撮ったのが、これだと、いっていました」

「となると、合格者の名前も住所も、分からないわけですか」

十津川が、少しばかり落胆していると、青田が、

「名前も住所もわかりませんが、この合格者は、聾者《ろうしゃ》らしいんです」

「耳の聞こえない？」

「そうです」

「どうして、それが、分かったんですか？　お二人のいう協力者が、話しかけても、返事をしなかったというだけじゃ、聾者と断定できませんよ」

「この合格者は、友だちと二人で、会場に来ていたらしいんですが、協力者のうちの一人が、何気なく見ていたら、この二人は、手話を交わしていたというんです。そのことが、強く印象に残っていると、いっています」

「なるほどね」

と、十津川は肯き、

「そうか」

と、一人で、呟《つぶや》いた。

中西遼は、自分によく似た男を選んで、それを、自分の身代わりにした。

その時の基準は、第一は、自分によく似た顔と、よく似たスタイルの男。そしてもう一つは、その男が、無口であることではなかったのだろうか？

ある人間と、向かい合った時、気になるのは、顔立ちや背の高さ、太っているか、やせているかということだが、もう一つ、自然に受け入れてしまう要素は、その相手の声である。

相手の顔立ちや服装などは忘れてしまっていても、その相手のしゃべる声や、あるいは、訛《なまり》は、意外とよく覚えているものである。

中西遼は、自分の身代わりを選ぶ時に、この二つの点を、注意したのではないだろうか？

声に特徴がある男だったら、あとで、証人たちがホンモノの中西遼に会って、あ、声が違うといわれてしまえば、それで、化けの皮が、はがれてしまうことも、心配だったのだろう。

おしゃべりでも困るし、言葉に、訛があっても困るのである。一番いいのは、「リゾート21」のサロンカーに行き、黙って、窓の外の景色を楽しんだり、ビールを飲んでいてくれればいいのである。四回目の面接の時、応募者のなかに、聾者がいた。その時、この男こそ、探していた人間と、思ったろう。自分から、声を出すこともないし、サロンカーの中で、話しかけられても返事はしないだろう。唯一の欠点は、手話を使いかねないことだが、友だちと一緒ではなく、一人で、列車に乗せれば手話を使うこともないはずである。

そこで、より中西遼によく似た応募者もいたのだが、この聾者を合格にしたに違いない。

問題は、彼が、何処《どこ》の誰かということだが、それを、明らかにすることは、さして難しいとは、十津川は、思わなかった。

日本にいくつかある聾学校を卒業していると、思うからで、写真もある。三十代前半という年齢も、分かっているのである。

十津川は、まず、写真を引き伸ばし、中西遼の背恰好《せかっこう》を書いて、全国の聾学校に送った。この条件に合った卒業生がいたら、回答して欲しいと、告げたのである。

回答は、三日後に、もたらされた。

東京の聾学校から、ＦＡＸが送られてきて、それに、こう書かれていた。

〈ご照会の写真の人物は、当聾学校の卒業生「北島敬《きたじまたかし》」、現在、三十二歳に間違いないと思われます。卒業写真を送りますので、ご判断下さい。

なお、北島敬は、現在、結婚し（妻・恵子《けいこ》）、台東《たいとう》区千束《せんぞく》×丁目のアパート「千束」の２０２号室に住んでおります〉

電話番号も、書いてあった。

十津川は、すぐ、電話をかけてみた。

電話に出たのは、アパートの管理人兼家主だった。

「そちらの202号室に住んでいる北島さんのことで――」

と、十津川が、いうと、相手はいきなり、

「困っているんですよ。もう一カ月も、留守にしていて、まったく、連絡がとれないんですから」

と、苦情を、いった。

「奥さんもですか?」

「そうですよ。夫婦揃って、いなくなっちまったんですから」

「部屋は、そのままに、なっていますか?」

「今月いっぱい待って、それでも、連絡がとれなかったら、部屋をきれいにして、新しい人に、貸そうと、思っているんですよ」

「すぐ、行くので、部屋の中は、いじらないで下さい」

と、十津川は、慌てて、いった。

十津川は、亀井を連れて、浅草《あさくさ》に急行した。

場所は、浅草寺《せんそうじ》にほど近い、今どき、珍しい、木造モルタル、二階建てのアパートだった。

アパートの前に、家があり、管理人兼家主が、住んでいる。

その家主が、十津川たちを、二階に案内してくれた。

２０２号室の前に行き、インターホンを押す。

「聞こえるんですか？」

と、亀井が、聞くと、

「このインターホンは、押すと、部屋の中の赤色灯が、点滅するんです。北島さん夫婦のために、作ったんですよ」

家主は、それまでしてやったのに、何の連絡もなく、一カ月も留守にしていることに、腹を立てているらしい。

「今日も、帰っていませんね」

「それでは、ドアを開けてもらえませんか」

十津川が、いうと、家主は、

「勝手に入って、いいんですか？」

「理由は、いえませんが、北島さんの身に、危険が迫っている節があるので、部屋の中を、調べてみたいんです」

十津川が、いうと、家主は、慌てて、ドアを開けた。

十津川たちは、家主に証人になってもらって、中に入った。

六畳に、三畳が、くっついている。トイレと小さなキッチンはついているが、浴室はない。

部屋の中を、いくら調べても、争った形跡は、見当たらなかった。ここで、何者かに、殺されたということは、なさそうである。

と、すれば、北島夫婦は、どこへ消えたのか？　自分から、姿を消したのか？　それとも、何者かに、連れ去られたのか？

「北島さんは、どこで、何をしていたのか、分かりますか？」

十津川が、聞くと、家主は、

「北島さんは、最近は、働いていなかったようですよ。奥さんは、この近くのコンビニで働いていましたがね」

「それでは、経済的に困っていたんじゃありませんか？」

「それがですね」

と、家主は、急に笑って、

「姿を消す前に、北島さんが、こんなこと、いってたんですよ。もちろん、紙に字を書いてくれたんですがね。テレビか映画に、出ることになったって。私は、信じられませんでしたがね」

「どんなテレビ、映画に、出ると、いっていたんですか？」

「それは、分かりません。内容は、教えてくれませんでしたから」

と、家主は、いう。

部屋の中を、改めて、調べてみたが、北島夫婦の行方を暗示するようなものは、何も見つからなかった。

手紙や、写真もない。最初からないのか、北島夫婦を連れ去った人間がいて、その人間が、すべて、持ち去ったのか、分からなかった。

十津川たちは、念のために、北島の妻、恵子が働いていたという、コンビニにも行ってみた。

そこで働いていた店員に、聞いてみると、

「北島恵子さんは、一カ月前頃、急に、連絡なしに休んでしまって、店主も、当初は、困っていたようですよ」

と、店員が、いう。

十津川たちは、浅草警察署に行き、署長に協力を、要請した。

「この北島夫婦が、消されてしまう可能性があるのですよ」

十津川は、現在、進行中の裁判のこと、中西遼のこと、彼が、自分によく似た男を使って、アリバイに利用したことなどを説明した。

「そうすると、中西遼が、北島敬を使って、自分のアリバイを作った挙句、口封じに殺してしまう危険があるということですね？」

と、署長が、聞く。

「北島夫婦は、中西遼が、逮捕される直前に姿を消し、以後、一カ月も、見つかっていないのです。それで、心配しているのです」

「わかりました。全力で、探しますよ」

と、署長は、約束した。

4

公判の席上、滝本検事は思い切って、木村健次郎と古賀昌幸の名前を挙げ、この二人と、被告である、中西遼との関係を、裁判長に、説明した。

「NPO法人『夢の国』の理事長、木村健次郎と、警備保障会社サーブの社長、古賀昌幸の二人ですが、ぜひとも、検事側の証人として、法廷に、呼びたいのです。予定外ですが、急遽、呼ぶ必要が生じました。それで時間を貸していただきたいのです」

滝本は、裁判長に、要請した。

当然、弁護側は、予定外ということで、反対した。

裁判長は、滝本検事に向かって、

「あなたが、この木村健次郎と古賀昌幸の二人を、どうしても、証人として呼びたいというのであれば、その必要性を、もっと詳しく説明してくれませんか？」

と、いい、弁護人に向かっては、

「滝本検事の説明を、よく聞いて下さい」

と、いった。

滝本検事は、木村健次郎と古賀昌幸の経歴を、まず説明した。

「二人は警視庁のOBで、どちらも人気者の名物刑事として、数々の事件の解決に、当たってきました。そして、現在、木村健次郎は、NPO法人『夢の国』の理事長です。この『夢の国』は、知的障害者が生活する施設で、木村健次郎は、退職金と、ほかに銀行からの融資によって、この知的障害者の学園を作り、現在、理事長をやっています。もう一人の古賀昌幸は、現在、警備保障会社サーブの社長です。この警備保障会社のモットーは、正確、継続、そして、低価格ということで、信用もあり、毎年、業績を着実に伸ばしています。被告人の中西遼は、この二つの団体を利用することを考え、木村健次郎と古賀昌幸に、接近していったのです。木村健次郎のNPO法人『夢の国』については、退職金のほかに、銀行からの融資も受けて、発足したのですが、今でも、資金難に陥っています。そこへつけ込んで、中西遼は、一億円の資金援助をして、まず、この組織と関係を持ちました。次は、古賀昌幸が社長をやっている警備保障会社サーブですが、中西は、この警備保障会社の会員になり、一週間ほど旅行をするので、その間、警備をお願いしたい、特に、自分は趣味で骨董品を集めていて、その価値は、六千万円から七千万円である、だから、絶対に泥棒に入られないようにしてほしい。そういったので、警備保障会社サーブのほうでは、特別保障を、中西遼との間で交わすことになったんです。一日五万円という高さですが、それで一週間、警備保障会社からは、特に体力と腕力に自信のある社員が、中西遼の家に泊まり込んで、特別な警備を実施することになりました。しかし、中西が一週間の予定で、長々と旅行に行ったあと、四日目に、警備が厳重になっていたはずの中西邸に窃盗犯が入り、問題の骨董品、六千万円から七千万円の価値がある物が、根こそぎ奪われていったのです。警備保障会社のほうとしては、もしこれが公になれば、完全に信用失墜です。今後の営業にも、差し支《つか》えが出るでしょう。そこで、古賀社長は、お客の中西遼に、平身低頭して謝ったんではないでしょうか？　中西のほうは、それを警察に伝えたり、あるいは、マスコミに公表しない代わりに、大きな貸しを作ったことになるのです。こうして、中西遼は、木村健次郎と古賀昌幸という警視庁のＯＢを、味方にしたあとに、いよいよ、妻殺しを実行に移したのです。つまり、事件の前提として、木村健次郎と古賀昌幸と被告人との関係が問題になるわけなので、ぜひ、この二人を、検事側の証人として、呼んでいただきたいのですよ」

滝本検事の説明が終わると、裁判長は、

「今の滝本検事の話を聞いていると、確かに、木村、古賀の二人の証人を、この法廷に呼ぶことが必要ではないかと判断します。そこで、弁護人に質問するのですが、この二人の証人を呼ぶことに関して、どうしても拒否されますか？」

と、聞いた。

崎田弁護士は、助手の佐藤伸子と、何やら小声で相談していたが、裁判長のほうに向き直ると、

「弁護側としても、これ以上、反対する意思はありません。二人が検事側の証人として出頭することについて、われわれ弁護人は反対しません」

と、いった。

第七章　最後の証人

1

まず、検事側の証人として、呼ばれたのは、古賀昌幸だった。

警視庁のＯＢであり、現在は、警備会社の社長を務めている、古賀昌幸だが、証人席に立った様子は、ひどく、頼りなげに見えた。

滝本検事は、人定質問のあと、

「あなたは、被告席の、中西遼を知っていますか？」

「はい、知っています。私の会社の、お客さんの一人ですから」

「あなたの会社では、お客さんを一般会員と特別会員などにランク分けをしていると聞きましたが、中西遼は、どのランクですか？」

「Ａランクの特別会員です」

「あなたの会社と、その特別会員の中西遼との間で、何か事件が、起きませんでした
か？」

「事件は、何も、起きておりません。良好な関係を、保っております」

「ここは、殺人事件を、審理する法廷ですよ。それに、あなたの会社の、元従業員から、特別会員の中西遼と、会社の間で、かなり大きな揉《も》め事があったと、聞いているのです。もう一度、お聞きします。何があったのですか？」

「私としては、小さな事件だったので、何事もなかったと、申し上げましたが、特別会員の中西遼さんが、一週間、家を留守にされている間、私の会社が、完全な一週間の、ガードをお約束しました。ところが不幸にも賊が入り、中西さんの大事にしていた骨董品が、盗まれてしまいました」

「それで、中西遼は、あなたに、何かを、要求しましたか？　弁償といったものですが」

「ありがたいことに、中西さんは、何も要求されませんでした。今でも感謝しています」

「その代わり、中西遼から、何か頼まれたのでは、ありませんか？」

「何も、特別なことは要求されていませんし、頼まれてもいません」

「まったく何も、頼まれなかったのですか？　そうじゃないでしょう。一つだけ、頼ま

れたことが、あったはずです」

「それは、要求というような、強いものではありませんでした」

「それならば、おっしゃってください」

「私の知っている、警視庁の十津川警部と亀井刑事に、サバンという、特別な才能を持っている知的障害者の、個展が銀座で行われているので、それを、見に行くように、勧めてほしい。そういわれました」

「それは、いつですか？」

「中西さんが、殺人容疑で、逮捕された、すぐあとです。中西さんに、面会した弁護士が、私のところに来て、今お話ししたことを、いったのです」

「その時、どう、思われましたか？」

「いや、別に何とも思いませんでしたが」

「不思議なことを、頼むなとは、思わなかったのですか？」

「思いましたが、ただ単に、絵の個展を見に行くことを勧めるようにと、頼まれただけですから。それが今回の殺人事件と、関係があるとはまったく、思いませんでした」

「最後に、もう一つだけお伺いします。中西遼が特別会員として、あなたの会社に、一週間、旅行に行くので、留守を頼んだ、そういわれましたね？　その時、屈強な社員を、中西遼の留守宅に、泊めておいたのでは、ありませんか？」

「その通りです。万全を期すために、そうしました」

「ところが、肝心の時に、その社員は、寝てしまった。違いますか？」

「そうです。不覚にも、寝てしまって、その間に賊に入られ、中西さんの大事なものを、盗まれてしまったのです」

「その屈強な社員は、時々、大事な時に、居眠りをするのですか？」

「いや、そんなことは、ありません。すでに、何年もウチの会社で、働いていますが、仕事中に、居眠りをしたことは、一度も、ありません」

「おかしいとは、思いませんでしたか？」

「少しは、おかしいとは思いましたが」

「あなたの会社に、一週間のガードを頼んだ中西遼が、家の中に、機械的に細工をしておいて、留守番役のその社員に、濃い濃度の、催眠ガスを浴びせかけ、それによって眠らせてしまった。そんなふうには思いませんでしたか？」

「いや、思いませんでした。どうして、お得意の、中西さんが、そんなことをするのですか？　一週間の留守の間、家のガードを、頼んだのは、中西さん本人なんですよ」

「中西遼は、その後、奥さんを殺した疑いで、今、この法廷で裁かれています。事件を担当した十津川警部たちが、あなたの勧めによって、銀座での、個展を見学し、被告の中西遼には、アリバイがあるのではないかと考えて、愕然《がくぜん》となったのです。そうしたことを、前もって、細工しておくために、一週間のガードを頼んだとは、思いませんか？」

「今の検事の話で、分からなく、なりました。確かに、今も、あの優秀なウチの社員が、どうして、あの肝心な時に、寝てしまったのか？　それが、不思議でならないのです」

2

次に、証人として、呼ばれたのは、同じく警視庁のOBで、現在、NPO法人「夢の国」の理事長をしている、木村健次郎だった。

滝本検事は、同じように人定質問をしたあと、

「今から、証人に、質問をする前に、これだけは、いっておきたいことがあります。私は、警察のOBであり、また、知的障害者のための、『夢の国』の理事長をやっておられるあなたに対して、深い尊敬の念を、抱いております。これから、質問に入ります。あなたは、今、被告席にいる、中西遼をご存じですか？」

「ええ、知っております」

「どういう関係ですか？」

「私がやっている、NPO法人『夢の国』の改修に際して、多額の資金を、貸してくだ

さった方です」

「具体的に、いくら、融資してもらっているのですか？」

「約一億円です」

「その一億円の融資の、見返りとして、中西遼は、いったい何を、あなたに、要求したのですか？」

「それが、奇妙なものでした」

「どういうことですか？」

「私が理事長をやっている『夢の国』には、サバンと呼ばれる、特異な才能を持った男がいます。一度見た景色や顔を、時間が経ってからも、まるで、写真のように描くことのできる、いわば、一種の天才です。名前は、小林健介といいます。中西遼さんは、この小林健介のことを、知っていて、こういわれたのです。今春ですが、三月三日、小林健介を、連れて、私に、熱海一三時〇三分発の、伊豆急『リゾート21』に乗車し、乗ってたらすぐ、サロンカーに、行ってもらいたい。そのまま終点の伊豆急下田まで乗ってくれといわれました。そのあと、下田で一泊して、『夢の国』に帰ったら、そのサロンカーに、乗っていた人物たちを、天才の小林健介に、描かせてもらいたい。そして、そのサロンカーの車内のほかに、三月三日から四日にかけて、下田で見たものを、得意の絵に描いて、その後、銀座で、個展を開いてもらいたい。その費用は、すべて、自分が持つ。中西遼さんは、そう、いわれたのです」

「おかしな、依頼だなとは、思いませんでしたか？」

「いや、別に、おかしいとは、思いませんでした。私は、『夢の国』の理事長をやっていて、今いった、小林健介というサバンの天才画家のことは、いつも、気になっていたし、何とかして、彼を、世に出したいと、考えていたので、個展を、開くことは、すぐに、賛成したのです」

「今年の三月三日、指示されるままに、熱海一三時〇三分発の『リゾート21』に乗ったのですね？」

「そうです。小林健介を、連れて、乗りました」

「そうして、すぐに、サロンカーに行ったのですね？」

「乗り込んで、十二、三分してから、サロンカーに行きました」

「くどいようですが、大事なことなので、確認させてください。あなたは、問題の絵の画家である、サバンの天才、小林健介さんを連れて、三月三日、いわれた通りに熱海発の『リゾート21』に、乗ったんですね？」

「そうです。その列車に、乗りました」

「それから、十二、三分後に、サロンカーに行ったわけですね？」

「ええ、そうです」

「サロンカーには、何人ぐらいの人が、いましたか？」

「確か、六、七人ぐらいだったと思います。若いカップルもいたし、家族連れもいたし、それから、背の高い、三十代の男の人もいました」

「今いった、背の高い三十代の男ですが、被告人席にいる、中西遼だとは、思いませんでしたか？」

「もちろん、思いましたよ。何しろ、そっくりでしたからね」

「その時、サロンカーにいた三十代の、背の高い男は、被告席にいる、被告人の中西遼ですか？　それとも、中西遼によく似た、他人ですか？」

「私自身は、中西遼さん本人だと、思いました」

「その人物は、あなたを見て、声をかけてきたのですか？」

「いや、まったく無視されました」

「あなたのほうから、声はかけなかったのですか？」

「もちろん、声を、かけようとしましたよ。何しろ、一億円の融資を、してくれた人ですからね」

「どんなふうに、声をかけたのですか？」

「中西さんも、下田で、一泊するのですかと、私は聞きました」

「そうしたら、相手は、どう答えたのですか？」

「それが、まったく答えてくれないのですよ。まるで、私の声が、聞こえなかったみたいに、ビールを、飲んでいましたね」

「それでは、よく似ているが、他人だとは、思わなかったのですか？」

「半信半疑でした。とにかく、約束したのだから、サロンカーに、下田近くまでいようと、思いました」

「その後、あなたが、連れていったサバンの小林健介さんは、サロンカーの車内の絵を、描いたのですね？」

「そうです」

「一人一人の人物を、まるで、写真であるかのように描いていった。それが、この絵ですね？」

そういって、滝本検事は、用意してきた絵を、木村健次郎に見せた。

「そうです。この絵です。この絵は、サロンカーで、見たままを、サバンの天才といわれる小林健介が、描いたものです」

「伊豆急下田駅に着いたあとは一泊して、三月四日に、『夢の国』に帰ったのですね？」

「そうです」

「下田では、その絵の男に、会いましたか？」

「一度だけ、会いました」

「その時も、男は、あなたを無視して、まったく声は、かけてこなかったのですか？」

「その通りです」

「あなたのほうから、声は、かけなかったのですか？」

「もちろん、声はかけましたよ」

「その時も、この絵の男は、あなたを、無視したのですか？」

「そうです。無視されました」

「無視したとすると、この男は、よく似てはいるが、被告人の、中西遼ではない。そうは思いませんでしたか？」

「思いましたが、あまりにも、よく似ているので、中西さんかもしれないとも、思っていました」

「三月三日から、四日にかけての下田旅行から帰ったあと、サバンの、小林健介さんは、その思い出を、絵に描いたのですね？」

「そうです。数枚の絵を描きました」

「そのなかに、そこに用意した絵も入っていた？」

「そうです」

「その絵が描き上がった時、絵のなかのその男は、一億円を、融資してくれた中西遼だとは、思わなかったのですか？」

「やはり、中西さんだったと、思いましたよ。よく似ていましたからね」

「それから、あなたは、どうなさったのですか？　中西遼に、連絡を取りましたか？　三月三日、伊豆急『リゾート21』の車内で会いましたね、というようなことを、彼にいいましたか？」

「いや、連絡しませんでした」

「どうして、連絡しなかったのですか？」

「サロンカーの車内でも、下田の町でも、私は中西遼さんに無視された。となると、何か理由があって、私に、声をかけられなかったのではないか？　あるいは、ひょっとすると、よく似てはいるが、別人だったのではないのか？　その二つのことを、考えましたので、連絡しませんでした」

「そのあとになって、中西遼が、警察に逮捕されたと知った。つまり、そういう時間の流れで、いいんですね？」

「そうです。とにかく、ビックリしました。私に、一億円もの、お金を融資してくれた中西遼さんが、奥さんを殺した罪で、逮捕、起訴されたんですから」

「銀座で、小林健介さんの個展を開くように頼まれたのでしたね？　そして十津川警部と、亀井刑事がその個展を、見に来た、というわけですね？」

「中西遼さんの弁護士が、私のところに、個展のことを確認しに来たんですよ。捜査一課の、十津川という警部と、亀井という刑事が、銀座の個展に、来ることは、古賀さんから聞いていました。足を運ぶように、勧めてくれないかと、やはり、弁護士に、頼まれたのだそうですが、そのこと自体は、別に、悪いことでもないので、特に意識することもありませんでした」

「その後、公判になり、サバンの人、小林健介さんの描いたサロンカーの絵が、被告、中西遼の、アリバイになっていると、聞いた時は、どう、思われましたか？　あなたは、頼まれるままに、個展を開き、十津川警部と、亀井刑事が、その個展を、見に来ていたことを、知っていたのですよね？」

「その通りです」

「そのあなたが、今、検事側の証人として、出廷しています。そこには、いったい、どんな心境の変化が、あったのですか？」

「私も、警視庁のＯＢです。警察官として、長年、仕事を、してきました。だから、分かるんですよ。私は、アリバイ作りに、利用された。確かに、中西さんは、私に、一億円もの融資をしてくれた恩人ではありますが、もし、私を、殺人事件のアリバイ作りに利用したとすれば、話は別です。中西さんを、許すことはできない。私は、顔なじみになった十津川警部と、協力して、この事件の本当の姿を、調べようと、思い立ったのです」

「それで、何が、分かりましたか？」

「これは、十津川警部が、調べたことですが、今日、私が、検事側の証人として出廷するということを聞いて、いろいろと、話をしてくれましたし、興味のある写真も、提供してくれました。それを、これから、発表したいと思っています。今回の殺人事件が、起こる前に、都内のウイークリーマンションで、奇妙な、面接試験があったことが分かりました。映画やテレビに出演する主人公を募集するということで、年齢三十歳前後、身長百八十センチ余り、体重七十五キロの、条件にあった男性に写真で応募させ、その写真の合格者は、今いった、ウイークリーマンションに集められ、審査が、行われたのだそうですが、写真の段階で合格した四人の写真を、ここでお見せします。等身大に、拡大してありますから、この妙な、募集をした人間が、何を狙っていたかが、はっきりと分かるものと思われます」

裁判長が、ＯＫを出し、等身大の写真四枚が、並べられた。

「この写真四枚を、ご覧になれば、すぐに、分かることがあります。現在、被告人席にいる、被告人の中西遼に、非常に、よく似た男たちです。身長、体重は、もちろん、顔立ちもよく似ています。つまり、そういう、募集だったわけですね？」

滝本検事は、証人席の、木村健次郎に聞く。

「その通りです。もちろん、映画やテレビの出演というのは、ウソです」

「それで、この四人のなかで、誰が、合格したわけですか？」

「いちばん左の、男性が、合格しています。名前は、北島敬さん、三十二歳、すでに、結婚していて、奥さんもいます」

「しかし、こうして、四人の写真を並べてみますと、北島敬さんの、隣の人のほうが、より中西遼に、似ていますが、なぜ、その人は、合格しなかったのでしょうか？」

「それは、北島敬さんというこちらの男性が、東京の聾学校出身の、聾者だったからだと、考えられます」

「聾者というと、つまり、耳の聞こえない方ですね？」

「ええ、そうです。そのために、北島敬さん、三十二歳が、合格したのです」

「その理由は、何ですか？」

「この北島敬さんは、合格したあと、主催者から、指定された服装をし、特に、右手首のところに、ホクロをつけ、三月三日、一三時〇三分熱海発の伊豆急『リゾート21』に乗り、サロンカーに行って、缶ビールを飲み、景色を楽しめと、指示されました。そして、その通りにしたのです。私も、先ほど、証言しましたように、サバンの小林健介を連れて、同じように、三月三日、『リゾート21』のサロンカーに乗りました。そこで私は、北島敬さんを、見つけたわけです。しかし、耳が聞こえませんから、私が、声をかけても、返事をしなかった。当然です。つまり、ほかの、よく似た人では、困るんですよ。私に声をかけられて、返事をしてしまうかも、しれないからです。それだけなら、まだいいのですが、つい、変な会話をしてしまうかもしれない。そうなると、ニセ者だということが、バレてしまいますから、それで、聾者の北島敬さんが選ばれたのだと、私は、思っています」

「裁判長に、申し上げます。北島敬さんの写真の横に、問題の絵を、置いてください」

小林健介の絵と、北島敬の写真が並べられたところで、滝本検事がいった。

「北島敬さんの写真がない時には、サバンの天才が描いた絵は、被告人の中西遼にそっくりだと、誰もが思っていました。しかし、こうして、絵の横に北島敬さんの写真を並べますと、皆さん、すぐにお気づきになるでしょう。問題の絵は、被告の中西遼よりも、この北島敬さんという人にこそ、そっくりなんですよ。つまり、サバンの天才、小林健介さんが描いた絵は、被告人の中西遼を、描いたのではなくて、北島敬さんという人を描いたのだということが、誰の目にも、明らかなはずです」

その後、滝本検事は、木村に向かって、

「この北島敬さんですが、今、どうしていますか？」

「北島敬さん、それから、奥さんの恵子さん、この方も、聾者だそうですが、住所は、台東区千束で、アパートに、住んでいらっしゃるのですが、今回の殺人事件が起きた頃から、二人とも、行方不明になってしまっているそうです」

「なぜ、北島敬さんは、行方不明になってしまっているのでしょうか？」

「北島敬さんのおかげで、被告の中西遼のアリバイが、証明されました。しかし、伊豆急『リゾート21』の、サロンカーに乗っていたのが、中西遼ではなくて、北島敬さんなら、当然、そのアリバイは消滅します。それを恐れて、北島敬さんを、妻とともに誘拐、監禁したのか、あるいは、口封じに、殺してしまったのではないかと、私は考えざるを得ないのです」

「よく分かりました。ありがとうございました」

滝本検事は、思わず、礼をいった。

裁判長が、

「弁護人は、反対尋問を」

と、促した。

法廷の空気は、明らかに、変わってしまった。今まで、弁護側有利を示していた針が、急に、検事側有利を、指し示したのだ。

しかし、老練な崎田弁護士は、狼狽の色も見せず、というより、自信に満ちた顔で、反対尋問のために、立ち上がった。

「証人に質問しますが、今までは、証人になることを拒否されていたと聞きましたが、本当ですか？」

「拒否ではありません。ただ、検事側の証人として呼ばれたら困るなと思っていました」

「なぜですか？」

「これは、何回も話したことですが、私は、『夢の国』のために、中西遼さんから、多額の融資を、それも、無利子で受けていますし、彼の無実を、信じていましたから」

「それなのに、今日は、検事側の証人として出廷されていますが、どういう心境の変化ですか？」

「それは、滝本検事に、お話しした通りです。自分が今回の事件で、アリバイ作りに利用されたのではないかという疑いを、持ったからです」

「本当は、警視庁の、十津川警部、この殺人事件を、担当した刑事ですが、彼は、執拗《しつよう》に、被告人の、中西遼が犯人だと、主張していました。あなたは、十津川警部の主張に、負けたのではないんですか？　何しろ相手は、警視庁の後輩ですから」

「それは、違います」

「どう違うのですか？　あなた自身、十津川警部と、いろいろと話したとおっしゃったはずですよ。私から見ると、あなたの意見が、変わったのは、警視庁の後輩である十津川警部から、今回の殺人事件の犯人は、被告席にいる中西遼である、中西遼を、刑務所に送るために、協力してほしいと、何回も頼まれたからじゃないのですか？　私から見ると、突然の変心は、そうとしか、思えないのですよ」

「それは、まったく違います」

「では、それを、きちんと説明してもらえませんか？」

「私は、『夢の国』を改修するにあたって、中西遼さんから、一億円の融資を受け、感謝していました。その中西さんから、三月三日、サバンで、絵の天才でもある小林健介を連れて、一三時〇三分熱海発の、伊豆急『リゾート21』に乗って、サロンカーで、過ごしてもらえませんかと、いわれました。その時は、私は、何の疑いも持ちませんでした。それどころか、絵を描くことに、天才的な才能を持ち、サバンという驚くべき記憶力を持つ小林健介という男に、日頃から旅行をさせたいと、思っていたのです。特に彼は、列車に乗るのと海を見るのが好きなので、中西遼さんの申し出は、私にとっても、嬉しいことでした。私は、小林健介を連れ、その日の一三時〇三分熱海発の、伊豆急『リゾート21』に乗りました」

「その時には、何の疑いも、持たなかったのですね？」

「そうです。それに、その時はまだ、今回の、殺人事件も、起きていませんでしたから」

「余計なことは、付け加えないで下さい。こちらの質問にだけ、答えていただきたいのです」

崎田弁護士が、注意した。

「申し訳ありません」

「サロンカーで、何を見たのですか？」

「サロンカーには、六、七人の乗客が、いました。ところが、そこに、中西遼さんがいたので、ビックリしたのです」

「今いったことを、もう一度、繰り返してください。これは、とても大事なことなので、一字一句、慎重に、間違えずに、いってください」

「サロンカーに、行ったところ、そこに、中西遼さんが、いたので、ビックリしました」

「今、あなたは、はっきりと、いいましたね？　そこに、中西遼さんがいたと」

「ええ、その時は、そう、思ったのです」

「それから、どうなりましたか？」

「中西さんが、私を見ても声をかけてこないので、私のほうから、声をかけました」

「中西さんに、声をかけたんですね？」

「中西さんは、私の声が、聞こえないのか、一人で、窓の外の景色を見ながら、缶ビールを、飲んでいました」

「念を押しますが、その時、相手が、耳の聞こえない人だと、思ったりはしなかったのですね？」

「もちろん、思いませんでしたよ」

「どうしてですか？」

崎田弁護士は、さらに粘っこく、聞く。

「中西遼さんだと、思っていましたから」

「中西遼さんではないとは、思わなかったのですね？」

「思いませんでした」

「それから、どうしましたか？」

「列車が、終点の下田に着くまで、私と、小林健介は、サロンカーの中に、いました」

「その間、サロンカーにいるのは、中西遼本人だと、ずっと、思っていたのですね？疑いは、持ちませんでしたか？」

「持ちませんでした」

「列車が、終点の下田に着いたあとは、どうしたのですか？」

「一日、小林健介と一緒に、下田の町を散歩し、その日は、下田に一泊して、次の日、東京に、帰りました」

「その途中、どこかで、中西遼を、見かけましたか？」

「はい。確か、あれは、お吉記念館か土産物店で、見かけたのだと思います」

「もちろん、その時も、中西遼本人だと、思っていたのですね？」

「その通りです」

「その後、あなたたちは、下田で一泊したあと、『夢の国』に帰り、小林健介さんが、下田での思い出を、絵に描いたわけですね？」

「その通りです」

「絵には、サロンカーにいる、中西遼が描かれていますが、その時も、あなたは、この絵は中西遼だと思っていたのでは、ありませんか？　少しも疑うことなしにです」

「ええ、そうです」

「絵が描き上がると、銀座で、個展を開きましたね？」

「ええ、開きました」

「その個展に、あなたは、事件を、担当している警視庁の、十津川警部と亀井刑事が、古賀氏に勧められて、見に来ることを、知っていた。間違いありませんね？」

「間違いありません」

「その会場には、あなたも行っていらっしゃったのですね？」

「はい、行っていました。絵の評判が、気になりましたから」

「問題の絵を見た、十津川警部と亀井刑事も、そこに、描かれている人物が、中西遼だと、思ったのではないですか？　そういう会話を、十津川警部と、交わしたことはありませんか？」

「はい。確かに、絵を見た時は、十津川警部も亀井刑事も、ショックを、受けていたようです」

「当時、今度の殺人事件を捜査していた十津川警部や亀井刑事は、犯人を中西遼だと断定していた。その中西遼に、はっきりとした、アリバイがあったからじゃありませんか？」

「その通りだと思います」

「確認しておきますが、その時点では、あなたも十津川警部も、そして、亀井刑事も、この絵に、描かれている人物は、中西遼本人だと、思っていたわけですね？　これは、大事なことなので、確認しておきたいのですが、その通りですね？」

「確かに、その時点では、中西遼さんだと思っていました」

「それが、一瞬のうちに、変わってしまいましたね？　いったい、どういうわけですか？」

「いろいろと、疑いを持ち始めたからです。さっきも、いったように、ひょっとすると、自分は、アリバイ作りのために、利用されたのではないかと、思ったからです」

「それは、違うのでは、ありませんか？」

　と、崎田弁護士が、木村を遮って、

「あなた自身が、そう、感じたのではなくて、滝本検事や、十津川警部、あるいは、亀井刑事から、責め立てられて、そんなふうに、思うようになったのでは、ありませんか？　滝本検事も十津川警部も亀井刑事も、中西遼が、犯人だと決めつけていましたから、あなたに、犯人ではないと、証言されては、困るのですよ」

「それでは、自分から進んで、滝本検事のところに行き、証人として、呼んでもらえれば、中西遼が、犯人であることを、法廷で証言すると申し出たのですか？」

「それは違います」

「違うということは、つまり、私がいったように、中西遼が、犯人だと決めつけている滝本検事や十津川警部や亀井刑事から、責められて、仕方なく、検事側の証人として、出廷することになったわけですね？」

「責められた覚えは、ありません」

「では、その言葉は、撤回します。しかし、あなたは、強くいわれて、検事側の証人になった。それは、間違いないでしょう？　違いますか？」

「確かに、強くは、いわれました。しかし、私は――」

「いや、それで結構です。次の質問に、移ります」

崎田弁護士は、返事を遮り、話を先に進めた。

「滝本検事の質問に対して、あなたは、いろいろと、面白いことを話されています。ウイークリーマンションを使った、奇妙な面接試験があった。身長百八十センチ余り、体重七十五キロ、年齢三十歳ぐらい、映画やテレビに出る俳優を、募集し、まず、写真で、応募させた。これは、あなたが、調べたのですか？」

「いえ、私が、調べたのではありません」

「じゃあ、誰が、調べたのですか？」

「警察です」

「はっきりいえば、十津川警部と亀井刑事なんじゃありませんか？」

「そうです。二人から、聞きました」

「その後、合格した、四人の男の写真を持ち出しましたね？　この四人の写真ですが、あなたが、見つけたのですか？」

「違います」

「では、誰が、見つけたのですか？」

「警察です」

「いちいち、曖昧な答えをされては困りますね。具体的な名前を、はっきりと、いってください。十津川警部と亀井刑事が、その写真を、あなたに、見せたのではありませんか？」

「はい、その通りです」

「となると、こういう結論になりますね。あなたは、ウイークリーマンションで行われた奇妙な募集のことも、知らなかったし、四枚の写真のことも知らなかった。違いますか？」

「今は、知っています」

「それは、十津川警部と、亀井刑事から、知識や写真を、与えられたからじゃないんですか？　つまり、あなたが、検事側の証人として、証言したことは、すべて、あなた自身の、見たことでも考えでもなくて、殺人事件の捜査をした刑事の見たこと考えたこと、なんじゃありませんか？」

「そんなことは、ありません。私の考えも入っています」

「では、もう一つ、聞きましょう。四人の写真ですが、いちばん左の写真の男、その名前は、北島敬、三十二歳だと、いいましたが、あなたが、調べたのですか？」

「いや、違います」

「では、誰から、教えられたのですか？」

「十津川警部からです」

「この北島敬が、聾者だということも、もちろん、あなたが、調べたわけじゃありませんね？」

「違います」

「それも、やはり、十津川警部から、教えられたのですね？」

「そうです」

「裁判長」

崎田弁護士が、裁判長をまっすぐ見て、いった。

「何ですか？」

「今のやり取りで、よく、お分かりになったことと思いますが、木村健次郎証人が、ここで証言していることは、すべて、今回の殺人事件の捜査を担当した刑事の、受け売りです。それを、オウム返しのようにいっているだけに、すぎないのです。こんな証言を信じろというのは、少しばかり無理ではありませんか？」

勝ち誇ったように、崎田弁護士が、いった。

裁判長が、滝本検事に目を向けた。

「今の弁護人の意見に、どう答えますか？」

「いってみれば、これはいいがかりです。もし、本人が、誰かから聞いたことだというのならば、話した人間を、ここに呼ぶことを提案します。つまり、十津川警部に、来ていただいて、ここで証言していただきましょう。それならば、弁護人も、文句がないのではありませんか？　すべてを調べた本人が、証言するのですから」

滝本が、きっぱりと、いった。

3

公判は、意外な展開を、見せた。

古賀昌幸と、木村健次郎の二人が、検事側の証人として出廷して証言し、それで終わったかに見えたのだが、崎田弁護士の反撃で、最後には、十津川自身が、検事側の証人として出廷することに、なってしまった。

ただ、三日後の、出廷ということになった。これは、意外にも、弁護人からの要請だった。

おそらく、弁護人にとって、木村健次郎の証言が、ショックだったと、思われる。

そこで、十津川と、対決するためには、三日間の時間が、必要だと考えたのだろう。

これは、十津川にとっても、ありがたかった。

「三日間ある」

と、十津川は、亀井に、いった。

「その間に、何とかして、北島敬を、見つけ出したい。北島敬が、見つかれば、われわれの勝ちだ」

「しかし、夫婦揃って、姿を消してしまったんでしょう？　私から見れば、口封じのために消されてしまったとしか考えられません。そうだとすれば、いくら探しても、見つからず、見つかったところで、死体だったら、何の役にも立ちませんよ」

亀井が、悲観的なことをいった。

「私は、北島夫妻が、殺されているとは、考えていないんだ」

「どうしてですか？　あの中西遼という男は、金のためなら、どんなことでも、平気でする男ですよ」

「しかしね。中西という男は、同時に、計算高い男でもあるんだ。女性を二人殺しているが、どちらも、金のために、殺している。今度は、妻を殺して、二十億円の遺産を手に入れた。しかし、そのために、二人の男女を余計に殺してしまい、そのために、刑務所に入ってしまったら、計算が、合わないじゃないか？　中西という男は、妻一人を殺すために、全力を挙げるが、そのために、余計に、二人の人間を、殺すとは思えないんだ。それでは、計算が、合わなくなってしまうからね」

「警部のいわれることも一理ありますが、それなら、北島夫妻は、どこに、いるんでしょうか？」

「中西遼の立場に立って、考えて、みようじゃないか？」

「ちょっと、分かりませんが」

「いや、そんなことはない。今、中西遼は、殺人容疑で、裁判を受けている。これが、前提になる。まもなく、最終弁論があって、判決が、下りる。もし、無罪の判決が、下りれば、今後は、二度と、妻殺しの容疑では、逮捕されないんだ」

「そうですね。一度、殺人事件について、無罪の判決を、受けたら、一事不再理という原則で、二度とは裁かれない。そうすると、無罪の判決が、下りるまで、北島夫妻が、見つからなければいいわけですね？」

「判決が出るまで、二カ月だろうと、滝本検事がいっていた。つまり、今から、二カ月間、北島夫妻が、見つからなければいいんだ。だから、それほど、難しいことではない」

「二カ月間ですか。それに、中西は、金を持っていますから、その間、いくらでも、金が使えますね」

「その上、北島夫妻というのは、二人とも、耳が聞こえない方だよ。手話は使えるけど、普通には、会話ができない。そうだとすると、人の目からは隠しやすいんじゃないか？」

4

三日後、十津川は、検事側の証人として、出廷した。

滝本検事は、当初、不安だったらしい。が、十津川が、自信満々な顔をしているので、自然に、ホッとした表情になっている。

型通りの滝本検事による、人定質問の間、十津川は、検事を安心させるように、ニッコリして見せた。

「十津川警部は、今回の殺人事件について、どんな判断を、持っていたのですか？」

滝本検事が、聞く。

「私は、最初から、犯人は、被告席にいる夫の、中西遼だと、確信していました。問題の絵ですが、最初は、驚きましたが、これは、まったくの別人だという確信は、変わりませんでした」

「あの絵に描かれているのは、中西遼ではなくて、まったくの、別人だといわれた。絵のモデルが誰か、分かっているわけですね？」

「そうです。名前は、北島敬、三十二歳の聾者です。妻の恵子も同じように聾者で、夫妻は、台東区千束の、アパート『千束』２０２号室に、住んでいます」

「その北島敬さんですが、現在、行方不明に、なっているんじゃありませんか？」

「そうです。行方不明に、なっていました」

「なっていたと、いうことは、見つかったんですね？」

「ええ、見つかりました」

「よく見つかりましたね」

「考えて、探しましたから」

「その結果を、話してください」

「私は、捜査を続けているうちに、被告の中西遼が、アリバイ作りに、自分によく似た男を、利用したと考えたのです。その計画は成功して、中西遼のアリバイは、成立したかのように、見えました。しかし、問題の絵に、描かれた男は、中西遼ではなくて、よく似た、北島敬という男だと分かりました。北島敬が発見され、彼に証言されては、困るので、中西遼は、三月三日のうちに、下田から東京に帰ったばかりの、北島敬と妻の恵子の二人を、どこかに、隠してしまったのです」

「すでに、殺されているとは、考えませんでしたか？」

「それは、考えませんでした。中西遼は、一人の人間を殺すために、さらに二人の人間を殺すという計算は、しない男です。アリバイ作りが成功し、無罪の判決を、受けてしまえば、もう、妻殺しの件については、再逮捕は、されません。一事不再理の原則が、ありますから。判決が下りた後で、北島敬が、発見されたとしても、平気なのです。今回の裁判では、二カ月後に判決が下りると、聞きました。判決が下りるまで、北島敬と妻の恵子を、どこかに隠しておけば、いいわけです。ですから、それを考えても、中西遼が、二人を殺すことは、考えにくいのです。私は、判決までの間、発見されないような場所はどこだろうかと、考えてみました。最初に考えたのは、国外です。金を与えて、夫婦で、国外に行かせてしまえば、なかなか、見つかりません。しかし、関係の部署に問い合わせたところ、北島敬、北島恵子のパスポートで、出国している者はいなかったのです。そこで、二人は、まだ国内にいるとわかりました。では、国内のどこに、いるのだろうか？　第一に思いついたのは、病院ですが、北島夫妻は、耳が、聞こえないという点を除けば、若くて、健康な体を、持っています。そうした健康な男女を、数カ月も内緒で、入院させておくことは、まず不可能です。次に考えたのは、刑務所です。微罪で、刑務所に入れてしまう。六カ月か、一年で出てこられますが、善良な、北島夫妻は、命令されたとしても、刑事事件を起こすようなことは、まず考えられません。それに、日本中の刑務所に、問い合わせれば、すぐに、分かってしまいます。三番目に考えたのは、別荘です。中西遼は、別荘を、持っています。そこに、北島夫妻を匿《かくま》ってしまう。二人を、隠すにはいい方法ですが、これも、中西遼の別荘を調べれば、簡単に、見つかってしまいます。あと、残るのは、人に知られていない、辺鄙《へんぴ》なところにある温泉旅館に、泊まらせることです。秘湯といわれるような、小さな旅館、そういう宿は、昔でいえば、湯治場になっているところが、多いのです。そこでは、泊まり客が、自分で食事を作ったりすることが、可能です。それに、湯治客ならば、一カ月、二カ月あるいは半年、一年といても、怪しまれません。北島敬に下田へ行かせる前に、三月三日中に東京へ戻り、その足で、夫妻で湯治場へ出発する旨、中西遼はいい聞かせていたに違いない。私は、湯治場で、辺鄙なところで、あまり人の行かない旅館を、探しました。そうして、見つけたのが、秋田県にある、後生掛《ごしょうがけ》温泉です。この後生掛温泉は、八幡平《はちまんたい》の山の奥にある一軒宿です。昔から、湯治場として有名なところで、今でも、一般のお客が泊まる旅館部と、長く湯治する客のための、湯治部とがあります。それに、旅館の中に、食堂も売店もあって、自活できるように、なっています。そこにいるのではないかと考え、後生掛温泉に行ったところ、北島夫妻を、発見し、東京に、連れて帰ってきています」

「今、ここに、北島夫妻は来ているんですね？」

「ええ、連れてきています。手話のできる人間も一緒に、連れてきていますから、その人を通じて、喜んで、証言すると、北島夫妻は、いっています」

と、十津川は、いった。

「ここに、北島敬さんと、奥さんの恵子さんの二人を、証人として呼ぶことを提案します」

滝本検事が、裁判長に向かって、いった。

十津川は、ちらりと、被告人席の中西遼に目をやった。

十津川が、証人台に立った時は、顔を上げ、じっと、睨んでいたのに、今は、下を向いてしまっていた。

十津川は、これで、やっと、中西遼を、刑務所に送ることができると、確信した。

解説

山前 譲

日本のミステリー界で一番多くの事件を解決したのは、間違いなく西村京太郎氏の作品で活躍した警視庁の十津川警部だろう。その捜査行は、管轄である東京都内はもちろんのこと、日本各地へと、そして海外へと展開されていた。時にはプライベートで乗った列車や訪れた観光地で事件に巻き込まれたりもしている。当然ながら二度、三度と訪れた土地も少なくない。

ただ、同じ場所で事件が起こったとしても、犯罪の様相や関係者はそれぞれで異なる。だから捜査の方針も違っていた。また、同じ列車がトリックに使われたとしても、トリックそのものは別である。十津川にとってはひとつひとつが、新たな視点から真相に迫っていかなければならない難事件だったに違いない。

とはいえ、動機という視点から事件を分析すると、案外シンプルに分類できるのではないだろうか。十津川警部シリーズでもっともポピュラーなのは、現実の犯罪同様、怨恨や金銭欲、あるいは恋愛絡みなどの人間関係のもつれだったように思う。そして容疑からだ。

者を絞るには、動機を突き止めることが第一歩だった。

その動機からすると、この『伊豆急「リゾート21」の証人』は単純な犯罪と言えるかもしれない。十津川にしてみれば容疑者はただひとり、その人物以外にいないと思えたからだ。

三月三日、ひな祭りの日のことである。成城の豪邸で四十歳の女性が殺された。午後二時過ぎ、ナイフで胸を刺された被害者は、自ら救急車を呼んだが、出血多量で絶命してしまう。手提げ金庫から五十万円が奪われていたことから、ありふれた強盗殺人事件のように見えた。しかし十津川は最初から、被害者である秀美の夫の中西遼を疑う。

中西は三年前、二十八歳の時に四十歳の未亡人と結婚しているが、半年後に彼女が交通事故で死んで、十億円もの遺産を手に入れた。警察は遺産目当ての殺人を疑ったが、証拠不十分で逮捕はされていない。そして今度の事件の被害者である秀美は、前夫の死によって二十億円以上の遺産を手にしていた。中西は再び、その莫大《ばくだい》な遺産を手にしようとしたのではないか……。

中西は明確なアリバイを主張しなかった。ただただ、自分は犯人ではないと言うばかりである。彼は逮捕・起訴される。十津川は一応、その事件から解放されたが、今は警備会社の社長をしている先輩に誘われ、銀座で開催されている個展に足を運んでびっくりしてしまう。事件当日の伊豆急行「リゾート21」の車内を精緻に描いた絵に、中西とおぼしき人物がいたからだ。

時刻表によればその列車は、熱海を一三時〇三分に発車し、伊豆急下田《しもだ》に一四時三七分に到着する。もし中西が乗車していれば、完全にアリバイが成立してしまう。中西のアリバイを証明するものを十津川自ら見つけてしまったのである。すでに彼は起訴されているのに――。

日本のミステリー界でアリバイ崩しといえば、まず鮎川《あゆかわ》哲也氏の名が上がるに違いない。氏の「アリバイ・トリックについて（実技篇）」と題された評論ではアリバイを次の三パターンに分類していた。
（イ）犯行時刻を実際よりも早くみせる。
（ロ）犯行時刻を実際よりも遅くみせる。
（ハ）犯行時刻を実際にあったとおりに認識させる。
ここで十津川警部が捜査している事件において、犯行時刻が二時過ぎなのは疑いがない。だから（ハ）のパターンである。また、死体移動のような犯行現場を偽装した形跡はないのだ。

ところが中西はその時刻、東京から離れた別の場所にいた、すなわち熱海発の伊豆急行「リゾート21」に乗車していたという証拠を十津川は見つけてしまったのである。これは完璧なアリバイだ。しかし、動機からすると中西が一番疑わしいのである。十津川警部や亀井刑事らの執念の捜査がつづけられる。

鉄道がアリバイ工作に利用されるのは、時間的制限と空間的制限が、ミステリーならではの不可能興味をそそるからである。

列車はあらかじめ決められたダイヤグラムに則《のっと》って運行される。勝手に走ったら事故が起こってしまうから当然だが、その列車がいわば時計代わりに時刻を特定してくれる。例えば駅に停車しているところやどこかの鉄橋を走っている写真を撮ったならば、その撮影者のアリバイを証明するのだ。

そして走行中の列車はまさに密室としか言いようがない。かつて多くの列車の窓は開閉できた。駅に到着すると窓を開けて駅弁を買えたのに――西村氏はそんな鉄道ならではの風情が失われてしまったことをたびたび嘆いていた。ただ、たとえアリバイ工作のためだとしても、走行中の列車の窓から脱出するのは無謀で、危険極まりない。都市近郊を走る電車のなかには今も窓が開けられるものもあるが、そんなところから降りようとしたら目立つことこの上ない。駅を出たなら、次の駅まで鉄道は密室なのだ。

したがって十津川警部が気づいてしまったアリバイ――中西が「リゾート21」に乗っていたことを証明する絵は、裁判の行方を左右する重要な証拠なのである。何か細工がされていないのか？　十津川警部はその絵の背景に迫っていく。

伊豆急行の「リゾート21」は「21世紀へ進む鉄道車両へのひとつの提案」として一九

八五年七月に走りはじめた。先頭が展望車で視界が広いというだけでなく、海側の座席が伊豆の海を堪能《たんのう》できるように配置されていた。車体のカラーリングも海側と山側とで別にして、まさにリゾート気分をかき立ててくれる列車だった。そしてなんと普通電車で運用されたのである。

その後、特急列車として運用されたこともあるが、基本的には特別な料金を支払うことのない、熱海－伊東－伊豆急下田間の普通列車だった。ユニークな「リゾート21」がすぐ人気沸騰となったのは納得だろう。西村作品ではその車内の様子が早速「青に染った死体」（「小説新潮」一九八五・十二）で描かれていた。

亀井刑事がふたりの子供と一緒に乗車している。小学六年生の長男・健一が鉄道マニアで、せがまれて夏休みに乗ることになったのだ。運行が開始されたばかりの「リゾート21」が細かく描写されている。そして、モーターボートから女性が海に落ちたのを、その列車の乗客が目撃して謎解きが始まるのだった。事件を解決に導くのは鉄道マニアの健一少年である。

二〇〇九年一月にジョイ・ノベルス（実業之日本社）の一冊として刊行された『伊豆急「リゾート21」の証人』は、タイトルにあるように「リゾート21」が謎解きの鍵を握っている。そしてアリバイ崩しの展開においての、西村氏の初期作品に相通じる社会的弱者への優しい視線も注目すべきだろう。

また、『南伊豆高原殺人事件』『伊豆の海に消えた女』『伊豆海岸殺人ルート』『伊豆誘拐行』『南伊豆殺人事件』『伊豆下賀茂《しもがも》で死んだ女』『西伊豆　美しき殺意』など、西村作品には伊豆半島を舞台にしたものが多いが、本作は異色の展開の長編としても注目すべきだ。

一九七五年五月七日、初めて来日した英国のエリザベス女王は、同十二日、名古屋駅から上りの新幹線に乗車している。その際、「新幹線は、時計より正確だときいています」と関係者に話したそうだ。もちろん正確な時計があるから新幹線はきちんと運行されているのだが、その日、天候などの関係で遅れが生じてしまったのである。しかし、運転士のプライドをかけたテクニックによって、東京駅には定時に到着したという。

そうした鉄道マンの日々の苦労があって、ミステリーのアリバイ工作は可能になっているのだ。本書も「リゾート21」が定時運行されていなければ、アリバイは成立しなかったのである。そして多くの西村作品で日々走り続けている日本の鉄路が描かれた。時間的制限と空間的制限を逆にアリバイ工作に利用した作品も書かれている。十津川警部が新しい路線を訪れたり、新しい列車に乗ったりすることはもう叶《かな》わないが、遺《のこ》された数多くの作品を読む楽しみは失われていない。

（やままえ・ゆずる　推理小説研究家）

本書は、二〇一一年二月、実業之日本社文庫として刊行されました。

単行本　二〇〇九年一月、実業之日本社

初出　「月刊ジェイ・ノベル」二〇〇八年五月号～十一月号

＊この作品はフィクションであり、実在の個人・団体・事件などとは、一切関係ありません。

集英社文庫

伊豆急《いずきゅう》「リゾート21」の証人《しょうにん》

2022年12月25日　第1刷　　定価はカバーに表示してあります。

著　者　西村京太郎《にしむらきょうたろう》

発行者　樋口尚也

発行所　株式会社　集英社
東京都千代田区一ツ橋2-5-10　〒101-8050
電話　【編集部】03-3230-6095
【読者係】03-3230-6080
【販売部】03-3230-6393（書店専用）

印　刷　大日本印刷株式会社

製　本　ナショナル製本協同組合

フォーマットデザイン　アリヤマデザインストア　　マークデザイン　居山浩二

ISBN978-4-08-744465-0 C0193